岁月有痕

刘 明◎著

以一颗慈悲之心作文
以一种大爱之情做人

『全球十大责任湘商』、作家刘明
以灵魂执笔
书写爱与希望

知名作家余　艳·陆德琮·魏剑美倾情推荐

中国广播影视出版社

图书在版编目(CIP)数据

岁月有痕 / 刘明著. -- 北京：中国广播影视出版社，
2017.2

ISBN 978-7-5043-7876-7

Ⅰ.①岁… Ⅱ.①刘… Ⅲ.①报告文学–作品集–中国–
当代 Ⅳ.①I25

中国版本图书馆 CIP 数据核字(2017)第 038826 号

岁月有痕

刘明 著

责任编辑 陈宪芝
封面设计 力宝工作室
责任校对 程一文

- -

出版发行 中国广播影视出版社
电　　话 010-86093580　　010-86093583
社　　址 北京市西城区真武庙二条 9 号
邮政编码 100045
网　　址 www.crtp.com.cn
电子信箱 crtp8@sina.com

- -

经　　销 全国各地新华书店
印　　刷 湖南鑫成印刷有限公司

- -

开　　本 172 毫米×240 毫米　　1/16
字　　数 170(千)字
印　　张 9.5
版　　次 2017 年 2 月第 1 版　　2020 年 7 月第 2 次印刷
书　　号 ISBN 978-7-5043-7876-7
定　　价 30.00 元

作者近影

目CONTENTS
录

1.▶

不留隐私：
中国首例变性人对本刊的完全倾诉

2003 年 3 月 24 日,中国首例变性人张克莎来到了本刊编辑部,就一些敏感话题与本刊记者做了坦诚的交流:

● "第一次",虽然没有处女膜,但也有流血呀。心理的感受多于肉体的感受,肉体的感受是痛,因为我出院才半年,心理的感受是喜悦的,因为我做了真正的女人。

● 我在香港的夜总会坐台,只是为了更深切地体验一种做女人的感觉!从男人们的眼神和言语中,我感受到了做女人的一种魅力,有一种从未有过的满足感。

● 身为变性人的我闹过婚外情,"第三者"是香港政府部门的公务员。

● 我的丈夫至死都不知道我变性的事,我为此感到惭愧。

● 在台湾高雄,我参加选美,进入了总决赛。被誉为"台湾的宫雪花"。

● 如果未来几年无子宫怀孕成为可能,我会体验一下生孩子的感受。

2003 年春节前夕,国内首例变性人张克莎结束十多年"东躲西藏"的漂泊生活,从台湾回到了老家长沙。在这里,她迎来了她的特殊生日——变性 20 周年纪念日。

作为一名特殊女性,张克莎经历了常人难以忍受的人间冷暖和世态炎凉,有过不堪回首的初恋,有过温馨、持久的婚姻,也曾遭遇刻骨铭心的婚外情。尝尽变性带来的欢乐和痛苦,她终于炼就了一颗平常女人心。

▶ 一生的渴望:"我要做女人!" ◀

张克莎原名张克沙,1962 年出生在大连一个高干家庭,后随父母定居湖南长沙。不知是因为"家庭的原因"还是"基因作怪",在家排行老七的他从小学到中学,都是穿姐姐穿过的衣服,是大人公认的"女孩子"。上小学一年级排座位时,他就很想和女孩子坐在一起。因为那时他就认为自己是个女孩,是个和别的女孩有一点不同的女孩。升入长沙市第 27 中学高中部后,16 岁身高就有1.76 米的他更喜欢女性打扮。他苗条的身材、白皙的皮肤、细婉的语调俨然一个大姑娘,老师关切地劝他:"你要不要去检查一下身体,是不是有毛病?"这时,他第一次感到一种无形的压力,继而出现低血压、低血糖现象,经常晕倒,不得不在高二时休学。

在休学的日子里,张克莎陪父亲去解放军 163 医院休养。那时,他认识了强哥,强哥也是陪他父亲从外地到 163 医院休养的。他从强哥那儿第一次知道可以通过手术实现做女人的心愿。

"做手术一定要很多钱吧?到哪里去找那么多钱呢?"这是回旋在他脑子里的念头。想来想去,他天真地想到了部队——"到部队去,我是你部队的人了,就不怕你不给我做手术。"

于是,他咬咬牙,剪掉飘逸的秀发,穿上父亲的旧军装,于 1979 年 12 月来到广州军区总医院,通过相关手续,成了一名部队炊事员。草绿色的军装没能让他找到做男人的自信,他的女人梦反而越来越强烈,越来越执著。他请医院的小护士偷偷给自己注射女性荷尔蒙,悄悄塑造梦想中的女儿身,以期引起部队首长的重视,获得"免费手术"的机会。

一天,一位姓王的医生找到他:"小张,我知道你想做女人,也知道你在用药,但那药太厉害了,对身体没好处,我给你打点温和一点的吧。"王医生的针打了没多久,张克莎发现自己身上奇迹地长出了轻微的胡须和臂毛。他惶恐地去质问王医生。当从王医生那儿知道她也是出于无奈——接受领导安排悄悄注射的"男性激素"时,他痛苦不已,任性地说:"我不管什么三大纪律八项注意,我要做女人! 我就要做女人! "

面对他的"反抗",部队领导请来了他的家长,提出了两种选择:"要么你们把他领回去,要么你们动员他在部队接受雄性激素的治疗。"母亲急了,跑到中山医科大学去咨询, 得到的答复是:"如果他不能做女人,结果可能只有两种———是疯掉,二是自杀。"

▶ 几度风霜，我在变性术后选择出逃 ◀

1982 年 4 月，张克莎"军中悄变女儿身"的梦破灭，被父母领回了长沙。然而，当他以女性身份重新申报户口时，却遇到了麻烦。当时，易性癖患者被人们当成精神不正常的人。户口没上成，工作落了空，连当时城里人赖以为生的粮票、布票等票证也不能配给。为了生计，为了实现女儿身的梦想，他于当年 5 月到东莞一家港商办的玩具厂当"打工妹"。

因为不知底细，外表天生丽质的"她"很快成了一枝引人注目的"厂花"，一些男人明里暗里倾慕、追求"她"。其中就有他的老板——50 多岁的离异男子赵先生。面对一些英俊小伙们的示爱，张克莎有时也春心萌动，但从不敢越雷池半步。他知道自己的女人打扮迟早会露馅。生理性别与心理性别错位的痛苦与日俱增。

一篇介绍易性癖的医学文章改变了张克莎的命运。他看到文章的当天就给作者——北京某大学医学专家阮芳赋写信，倾诉自己内心的痛苦。不久，阮教授回了信。在信里，他提到了手术治疗易性癖的办法。张克莎喜出望外，几次咨询后，他毫不犹豫地决定通过手术实现自己的女人梦。当时，国内还没有一例真正意义上的变性手术。

1983 年 1 月 10 日，是张克莎第二次生命的诞生之日。这一天，在履行了严格的手续之后，他终于被推进了北京医科大学（现在的北京大学医学部）第三附属医院手术室。经精神科专家杨华渝教授出具诊断书，著名外科专家王大玫教授主刀，中国首例变性手术悄悄完成。医院和参与治疗的医生一直为张克莎严格保密，直到 14 年后，杨华渝教授才在南方一家杂志上撰文透露："中国首例变性人是 Z（张的第一个拼音字母）小姐。"

全身麻醉醒来后，下体的疼痛抑制不住张克莎内心的欣喜。她从此告别男儿身，成了一名"货真价实"的女人。当年，她拿着医院出具的身份证明，回到长沙顺利地改了性别，上了户口，并被分配在当地一家商场当售货员。父亲还特意为这个"新生女儿"取了一个女性名字："张克莎"。这一年她刚满 20 岁，身材高挑，楚楚动人。仿佛人生美景将从此在她面前铺开，她欣喜若狂。但她做梦也不会料到，痛苦会接踵而来。

尽管严格保密，张克莎变性的消息还是被知情人透露了出去。很快，她的工作场所成了"展览馆"，几乎每天都有人来看"稀奇"，人多的时候，柜台周围被挤得水泄不通。下班回家的路上，她也经常被人堵截，被迫回答一些令人难堪的问题。

就在她无处藏身之时，一个叫陈平的小伙子走进了她的生活。讲到陈平，张克莎至今仍有少许的激动："他第一次和我的同学到我家来玩，突然停电了。我的同学出去看为什么停电时，他一把抓住我的手说'张小七，你真的好漂亮！你做我的女朋友好不好？'奇怪的是，他一说完，灯就亮了。"

从此，他每天扮演护花使者，护送她回家，挡开了一次次非善意的纠缠。在他的怜香惜玉之下，张克莎总算有了一片遮阳挡风的绿荫，感激之情渐渐上升为对男性的依恋。1983 年早秋，她把女人珍贵的"第一次"给了他。谈到"第一次"，张克莎右手扶了扶架在黑色鸭舌帽上的银色墨镜，坦然地说："虽然没有处女膜，但也有流血呀。心理的感受多于肉体的感受，肉体的感受是痛，因为我出院才半年,心理的感受是喜悦的,因为我做了真正的女人。"

现代医学给了张克莎女人身,却无法赋予她生育能力。陈平是父母唯一的男孩,他们绝不会容许他"断子绝孙"。但他把父母的劝阻当成了耳边风,仍然偷偷和张克莎来往,甚至提出和她一道私奔。

一边是天下父母心,一边是恋人难舍情,张克莎经过几夜痛苦的失眠之后,最终选择了"逃亡"。1984 年夏天,一个雷雨交加的夜晚,她在给陈平留下了一封告别信后,乘上南下的火车,悄悄离开了她的伤心之地——长沙。

▶ 初恋的创伤,被丈夫宽厚的爱抚平 ◀

东莞的阳光比长沙更为炽热,但张克莎一下火车就一身轻快了。

当年她的老板——赵先生已等候多时,见到远道而来的张克莎,他兴奋得像个年轻人。赵先生是正在内地办厂的香港企业家,虽然年逾五十,但仍显得颇有气质。离异二十多年的他早就想在内地找一个红颜知己,相伴到老。张克莎术前在他的工厂打工几个月,他像父亲一样关照过她,并委婉地向她表示过爱意。虽然遭到了拒绝,但他仍然一往情深:"如果在内地不好呆了,你随时可以回来,我们欢迎你!"

在一脸宽厚的赵先生面前,自觉已走投无路的张克莎忍不住流下了委屈的眼泪:"我答应和你结婚,你把我带到香港去,好吗?"但她犹豫再三,仍然没有勇气向赵先生坦露真相。当时,她只幻想着到一个陌生的地方平平安安过日子。

喜出望外的赵先生来不及深究，便一口允诺，随后又郑重其事地说："这是你的终身大事，你还是回家征得父母同意后再作决定吧。至于我，绝对没问题！"

听到女儿对自己婚事的打算，曾因"海外关系"受牵累的父亲皱起了眉头："莎莎，其他先不说。你想过没有，我们这种家庭再沾上海外关系，不妥啊！"

张克莎一脸嗔怪："赵先生算是个爱国企业家，人也不错，和他结婚，然后到香港定居，我再也不用为自己的身世担惊受怕了。"

拗不过孩子的倔强，父亲最后同意他们的婚事，但条件是她必须先把户口从家里迁出去。

1984 年 9 月，张克莎与赵先生携手走上了红地毯。婚礼安排在长沙一家宾馆举行。那天上午，前往火车站接新郎的专车即将出发，一直未露面的父亲走出房间："你们把赵先生接到家里来吧！"张克莎感激地叫了一声"爸爸"。她深知父亲是为了女儿才做这样的选择。婚礼结束后，年迈的父亲又把女儿单独叫到身边，语重心长地说："既然你选择了赵先生，不管将来发生了什么事，你都不要嫌弃他，更不要抛弃他！"

父亲的话让她的心头忽然沉甸甸的，她知道自己并不爱整整比自己大 32 岁的赵先生，但为了生存，为了自己的女人梦，她没有其他的选择。在初秋的月光下，她暗暗祈求：但愿一切都会好起来！

新婚之夜平安度过，亲友们担心的不愉快的事没有发生。

婚后，赵先生把她当宝贝呵护。每天，他亲自下厨做饭菜。为了照顾她的口味，很少吃辣的他也跟着吃辣菜，几年后竟成了一个"不怕辣"。因为年龄相差太大，两口子走在大街上，一些不知内情的人往往以为是父女。怕年轻的妻子难堪,他每次都大大咧咧地一口承认。有趣的是,张克莎有时干脆就叫丈夫"老爸"。后来慢慢习惯了,在家里,她也这样亲昵地称呼他。

家庭的温馨和平静让张克莎获得了久违的安全感,初恋留下的心灵创伤也渐渐被丈夫宽厚的爱抚平。她把家当作自己的心灵归宿,在那里度过了几年安宁的生活,直到遭遇那场刻骨铭心的婚外恋。

▶ 遭遇激情,她愧疚地回到自己的家 ◀

1987年,张克莎随丈夫正式定居香港。在内地独立惯了的她不愿做专职太太。她说服丈夫,首先应聘到一家时装公司当模特,正当她走红的时候,妈妈告诫她:"你出去不就是想过一种安静的生活吗? 你这么张扬,别人知道了不好。"接到母亲的电话没多久,一个偶然的机会使她走进了夜总会坐台小姐的行列。谈到这里,坐在本刊记者办公桌对面的张克莎用左手摸了摸右手的手表,非常认真地说:"在夜总会,有很多客人要我做他们的情人,做他们的老婆,或者花高价去开房。从他们的眼神和言语中,我感受到了做女人的魅力,有一种从未有过的满足感。我离开那里,是想到家里人可能会误会,怕给高干家庭丢脸。"她将戴着紫色手镯的左手轻轻扬了扬,强调道:"尽管那里灯红酒绿,但我做人是绝对有原则的,在夜总会,我只是为了更深切地体验一种做女人的感觉! "

每天看她拖着疲惫不堪的身子很晚回家,赵先生总要数落她几句:"你这是何苦呢？我又不指望你挣钱！"

可张克莎很早就梦想做一个成功的职业女性。为了在丈夫面前争一口气，她几乎全身心地扑在了后来的保险销售上。由于勤奋，加上特有的女性魅力，她的业绩连连递升，一年得大奖（百万圆桌会员：全世界保险业通用的高荣誉奖），两年后就由一个普通推销员提升为主任，第三年就被提拔为经理。有了一份不菲的薪水，她不再需要丈夫来供养了，更重要的是，她体验到了一种前所未有的成就感和自信。

然而，所有这一切很快被一场险恶摧毁殆尽。

1990 年上半年的一天，张克莎与一个自称陈红利的长沙老乡不期而遇。一年后，这个女人忽然给她打来电话，说自己遇到困难，急需一笔钱。不好损老乡的面子，张克莎满口应允。此后，陈红利又几次开口"借钱"。一次，张克莎正欲婉言拒绝，没想到她脸色一变，阴狠的说："大家出来混都不容易。我了解你现在的一切，你过去那些事，我还为你保着密呢！"

张克莎一下子懵了。当年站柜台时的一幕幕难堪的场景又在眼前浮现。如果自己身世暴露，好不容易拼来的家庭、事业都可能付诸东流，更有可能会伤及丈夫和另一个自己深爱的男人——阿山。

张克莎是在一个朋友聚会上认识阿山的。阿山是香港政府部门的公务员，长相英俊，气质不凡。两个人几乎同时坠入爱河，难以自拔。这是张克莎有生以来第一次全身心去爱一个男人。瞒着已婚历史的她越陷越深，甚至忘记了自己的身世和身份。而阿山对张克莎也情有独钟，很快与她谈婚论嫁。家中只有一子的阿山父母催促他们早日结婚，盼望早抱孙子……

张克莎又一次陷入痛苦的漩涡之中：想维持甜蜜的婚外情，又无法忍受良心谴责和他人的敲诈。于是，她故意找茬和阿山吵架，"一气之下"提出分手，各奔东西。但每次分手后,她又恋恋不舍,心如刀割。把钱付给敲诈者后,她便打电话叫来阿山,两人重归于好……那个老乡似乎摸透了张克莎的心思,"借"钱越来越多,越来越频繁。总共"借"出近 30 万元后,张克莎已实在难以为继了。

1994 年秋天,刚刚与阿山分手的她大病一场,住进了医院。陈红利又找上门,催着要她借 10 万元以解"燃眉之急"。躺在病床上的张克莎摘下身上所有的金银首饰,连同存折上最后一点存款,凑足 6 万元交给了她,然后绝望地说:"我已经被你掏空了,你再不放过我,我的命都难保了!"

病愈出院后,张克莎身心疲惫地回到家中。此时,赵先生身体每况愈下,生意也一落千丈,生活陷入困境。望着丈夫越来越苍老的脸,她抑制不住心头的愧疚:我今生欠他的太多太多!

1995 年,张克莎彻底结束了与阿山的那段婚外恋情后,香港又成了她伤心和恐惧之地。她害怕旧梦重温,更害怕再遭敲诈,只好无奈地告别丈夫,黯然登上去台湾的飞机。

▶ 隔海守望,我的旷世婚恋凝成女人梦 ◀

一切又得从头开始。

刚到台湾,孤身一人的张克莎不得不到歌厅当舞女,凭着自己的美貌和高雅气质,她很快站住了脚跟,但仍要省吃俭用才能寄回一笔钱给在大陆的丈夫。为了不让他担心,她每次还要硬气的说,一切都顺利。

1997 年,在一些朋友的鼓励下,张克莎在高雄市参加了一场选美比赛。连她自己都不敢相信,她竟然一路过关斩将,打入了总决赛。最后因为一道答题带有"政治"色彩——"如果台湾不独立,我会在台湾生活得比较安定。"得罪了某些评委而被除名。但她一下子成了"台湾的宫雪花""亚洲第一美人"。一些大款倾慕她的美貌,愿意花巨资与她共度良宵,甚至长期包养她,都被她严词拒绝。她不想单凭自己的美貌吃饭,更不愿当花瓶或金丝鸟。从舞厅退出来后,她在高雄投资开办了一家中等规模的饭店,专门经营大陆菜。此时,不少"大陆新娘"来和她亲近,她再一次开始担心有人知道她的"老底"。

生意渐渐红火起来,丈夫的身体却让张克莎越来越牵挂。从 1997 年开始,她每月按时寄回 3000 元港币,供丈夫生活和治病之用。每隔两三天,张克莎就要打电话询问他的身状况。如果丈夫病情特别严重,接到电话第二天,她就会赶回大陆探望。但每次都会遭到丈夫的"责怪":"我没事!你工作要紧,回来一次要花好多钱啊!"

2002 年 2 月,赵先生病情忽然恶化。保姆慌忙打来电话说:赵先生这次恐怕会不行了!下午接到电话,张克莎就与机场联系,但当天已经没有去大陆的航班。晚上,她清理好行李,坐在沙发上回忆十多年来与丈夫生活的点点滴滴,眼泪禁不住往外流:"如果没有他对我的帮助和那种宽厚的爱,我不可能有今天,甚至可能早就不在人世了……"她一夜未眠,盼着早点天亮,赶回去见丈夫一面,再吻他一次,告诉他那个隐瞒了 18 年的秘密。

第二天上午 9 点多钟,张克莎乘坐的头班飞机准时降落在香港国际机场。一下飞机,她就急着办理回内地的手续。这时,她才发现,临行前精神恍惚竟把回乡证丢在了高雄的住所,重新补办手续花去了半天时间。等她飞回广州,乘车赶到医院,已是晚上 9 点多钟。此时,赵先生已经永远合上了双眼,任她怎么呼喊,再也没有回音。

在赵先生去世后,赵先生的一位亲属或许是想求证什么,故意对她说:"有一年,内地一家媒体曾以张莎莎为化名简单报道了你的变性经历,我看到这篇报道后问他:'这个张莎莎好像就是你老婆张克莎?'他一笑置之:'是也好,不是也好,我们结婚这么多年了,没有必要去追究了!'"张克莎听完不禁泪流满面。

2003年3月24日张克莎来到本刊编辑部接受采访。她一头飘逸的秀发、一双柔情的眼睛、一身高贵的气质,美丽得令男人心动,让女人嫉妒。

张克莎胸前总是挂着一个大大的十字架。她坦诚地告诉记者,这些年她虽然赚了一些钱,但大多花在支付丈夫的生活费和来往的路费上了,如今她几乎一无所有。"不过,我的经历应该是一笔取之不尽的财富!每次经历险恶和痛苦,我都是想,过了这道关口,我的人生境界就会上一个档次,离我的女人梦更近了一步。二十年来总是不停的逃,从长沙逃到香港,又从香港逃到台湾。我不会再躲、再跑了。经历了这么多事,现在我的心境越来越坦然和淡泊。缘分可遇不可求,希望今生我还能遇上像赵先生那样的好人。其实,我的女人梦还没做完,如果未来几年无子宫怀孕能成为可能,我会体验一次生孩子的感受。只有生下自己的孩子,做女人才算完整。"

谈及在台湾的生活,张克莎说:"在台湾,我想得最多的是,我做变性并没有错,错的是世俗的偏见。因为我过去把变性当作隐私,才被陈红利不明不白地敲去了几十万,现在想着真是太冤!为了不再有人拿变性来威胁我,我只好主动出击,将我的这段充满隐痛与喜悦的历史告诉媒体。"

谈及社会对变性应持的态度,张克莎说:"如果不做变性手术,我活不到今天。尽管我逃了十多年才回到长沙,但我对自己的选择没有丝毫的后悔。想做变性的人们,只要有谋生的能力,我还是赞成你们去做。我认为社会可以不接受变性人,但不能当面议论或者污辱变性人,当然也包括变性的艺人。"

采访即将结束的时候,张克莎自豪地告诉记者,反映她变性后情感生活的纪实与写真集《女人梦》于4月出版:阳光卫视(香港)将在当晚9:30左右的《百年婚恋》中播出她的人生和爱情故事……

握手言别,窗外春色盎然。

本刊全体人员都被她的坦诚与自信打动了。大家都真诚地祝愿她:女人的梦越做越美,人生的路越走越宽……

(备注:本刊系《生命》杂志)

2.

湘雅璀璨星:
走在神经病学学科前沿的人
——记湘雅医院副院长、神经内科博导唐北沙

2000 年，唐北沙作为骨干参与夏家辉院士领航的《神经性耳聋的致病基因定位和克隆》研究，在我国首次对致病基因成功克隆，从而一举打破了西方国家认为中国短期内不能实现对致病基因克隆的神话，获得国家自然科学奖二等奖（一等奖空缺）。

从这一年开始，喜讯接踵而至："神经系统的致病基因定位和克隆"获国家863 课题支持，"神经系统遗传疾病的临床诊断原则和平台的建立"被列为国家十五攻关项目，"神经系统退行性疾病研究"获国家最高级别的973 课题评审委员会通过，"帕金森病的发病机制探讨"获国家自然科学基金，从 2002 年起，唐北沙领导的科研攻关小组每年取得了国家三个国家自然科学基金……正是通过这一项又一项研究，确立了湘雅人在中国医学界的崇高地位，也正是诸如"神经系统退行性疾病研究"一类科学难题的突破，使湘雅的神经内科学水平走到了世界的前沿。

记者年少时，"南湘雅，北协和"就常常回荡在耳边。记者在和国内外知名医学专家的交流中得知,湘雅医院不仅是与"北京协和"齐名的医院,也是在世界上享有崇高盛誉的医学殿堂。

怀着对湘雅的仰慕,聆听着湘雅百年历史走近的足音,在热情似火的八月,记者走进了湘雅的大门,有幸和湘雅医院副院长唐北沙教授握手言谈。

▶ 记者:做梦也没想到, 登上世界医学高峰的青年只有本科学历 ◀

亲爱的读者朋友,您也许知道,湖南有一个袁隆平,他摘取了"国家最高科学奖"的桂冠,为解决全世界人口的粮食问题而蜚声世界。您是否知道,我国科学技术奖项除了国家最高科学奖,还有国家自然科学奖、科技发明奖、科技进步奖。

2000年,年仅43岁的唐北沙作为骨干参与夏家辉院士领航的《神经性耳聋的致病基因定位和克隆》研究,在我国首次对致病基因成功克隆,从而一举打破了西方国家认为中国短期内不能实现对致病基因克隆的神话,获得国家自然科学奖二等奖(一等奖空缺)。

从这一年开始,喜讯接踵而至:"神经系统的致病基因定位和克隆"获国家863课题支持,"神经系统遗传疾病的临床诊断原则和平台的建立"被列为国家十五攻关项目,"神经系统退行性疾病研究"获国家最高级别的973课题评审委员会通过."帕金森病的发病机制探讨"获国家自然科学基金,从2002年起,唐北沙领导的科研攻关小组每年取得了国家三个国家自然科学基金……

正是通过这一项又一项研究,确立了湘雅人在中国医学界的崇高地位,也正是诸如"神经系统退行性疾病研究"一类科学难题的突破,使湘雅的神经内科学水平走到了世界的前沿。

面对取得如此巨大成就的医学专家,面对一个世界著名的医学殿堂的领军人物,面对一个在6年前就是博士生导师的神经内科学教授,记者脱口而出:"您能告诉我您留学的国家和师从的博导吗?",他坐在办公桌前微笑的回答令记者大吃一惊:"我是土生土长的湘雅医学院毕业的本科生,既没出国留学,也没有读研,我所取得的每一点成绩,都是夏家辉老师教导的结果。从1992年开始,夏院士就直接指导我的工作,对我认真的指导十年如一日啊,我内心十分感激他,也为遇到这样的恩帅庆幸。"

在中国的所有学科中,没有哪一个专业云集的博士比医学领域更多。早在上个世纪的90年代,记者在军队医学院校任教时就知第三军医大学附属医院一个烧伤科的博士就超过了30人。在博士如林的医学海洋,外因固然重要,但内因才能使事物发生根本的变化呀。那么,到底是什么因素将唐北沙引向成功,引领他走向医学的巅峰呢?

▶同事:"志存高远,追求完美,脚踏实地,忘我工作,
是唐北沙的灵魂所在。"◀

1977年,20岁的唐北沙实现了父母心中的梦想,考上了湖南医学院(现更名为中南大学湘雅医学院)。1982年底以优异的成绩毕业时,满以为能分到心

爱的心血管内科,报到时却意外地分到了湘雅医院神经内科。

谈起当年报到的情景,唐北沙历历在目:当时的神经内科主任王教授是全国很有名的人物,他医术高、人品好、性格更直爽—"想分来的没分来,不该分来的分来了,填了志愿的没分来,没填志愿的倒分来了,你能不能换一下,让别人来?"我当时说:"我这个人认命,命运不要他们来他们就没来,命运安排我来了我就在这干,主任,您放心,我在哪都能把工作干好。"

在23年的医界生涯里.唐北沙始终记着刚入科时老教授们的话:作为一个医生,最重要的,就是把临床工作做好!能为病人看准病、看好病才是最重要的!为了给新来的医生压担子,唐北沙一到神经内科,就被安排单独值晚夜班。

唐北沙很实在地说,当时刚分到病房就值夜班心里实在是没底,当时在神经内科有一位姓顾的进修生和一位姓刘的研究生,我和他们两人关系都很好,因此我们达成了一条不成文的规矩:"不管是谁值班另外两人都必须陪,碰到事情一起处理,这大大增加了临床一线的机会,所以那时反而特别想值晚夜班。"

面对记者的采访,年轻而精明的唐北沙的眼神始终透着深邃。他告诉记者,随着临床工作的深入,随着湘雅在国内外的名气与日俱增,随着所带的学生由硕士升格到博士,他深深地感觉到,要做一名优秀的导师,要做与湘雅名气相符的学术专家,不仅临床要行,而且要做到科研能力强、教学技艺精。为了让自己成为一名全面发展的人才,只能将整个身心都交给了伟大的医学事业。

湘雅医院医务办主任向选东博士感言:"我从没见过像唐北沙那样忘我奋斗的人,不管职称(务)如何升迁,他始终把工作作为一种愉悦,为了救治疑难病症患者，在病房一干72个小时也没见他疲惫。加了一夜的班，第二天清早在他办公室一样能见到他。如果要我对他总结，我认为志存高远，追求完美，脚踏实地，忘我工作，才是唐北沙的灵魂所在。"

幸运和机遇只为有准备的人准备着。1997年，还不足40岁的唐北沙因业务拔尖破格晋升为教授，1999年成为了医学院学位最低年龄最小的博导，2001走到了业务副院长的岗位。

面对事业前途走向快车道，唐北沙没有半点的欣喜，"除了感到责任更大担子更重，就是感到时间明显变得异常珍贵起来，人必须学会在薄薄的冰面快速地行跑……"

"不是每一个能说会道的人都能成为政治家，也不是每一个业务尖子都能成为一个优秀的管理者"，"一个合格的企业家可以成为一名合格的厅长，但一个称职的厅长不一定可以做一个合格的厂长经理"，当唐北沙在一些媒体上读到这些文字时，他深知这些话的玄机，更懂得一个非营利性的世界名牌医院的经营有别于一般的企业，因为医院的服务对象是病人呀，人弄死了不能复生，车轮坏了可以再换。

为了迎接医学新高潮的到来，他博览医书，将目光投向《神经科学》《医学遗传学》……

为了提升自己的人格魅力，更好地服务于广大医务工作者和病友，他在飞机上捧起了《江泽民改变了中国》……

为了修正博士生的科研课题，为了批改学生用外文写的博士论文，他常常在子夜的和风里凝神用笔，在实验室里迎接黎明前的第一缕曙光……

面对父亲难得一见的身影，他今年高考的儿子说什么也不肯报考医学院校："学医？像我爸爸那样？整夜泡病房和实验室？半夜里摄着衣服往急救室跑？

……那不是人做的,只有神可以做到!"

面对记者的采访,他的妻子说:"每每看到他,我很敬佩他,也很心酸,那么瘦瘦的一个人,这样没日没夜地工作,我真担心他的身体能挺多久……"

湘雅医院办公室的谷向晖小姐说:"我从部队转业到湘雅没几年,但湘雅这几年的变化确实令人惊喜,唐北沙处理问题的公正和利落,我们不得不信服,他把握全局的能力,我们不得不折服。"

湘雅医院药剂科的龚主任和尹主任一致认为,唐院长是一个吃得了苦,能成就大事业的人,他提出的"三个重点,四个环节,五个层次"的工作思路,就是他胸怀大志,勤于思考,追求完美,运筹帷幄的集中体现。

医院的工作人员告诉记者,为了还广大患者完美的人生,为了湘雅未来的历史流淌出更美的歌声,唐北沙和医院领导一起,力排众议,在医疗界率先引进了 ISO9000 质量管理体系和临床路径管理系统;为了让管理奏出美妙的音符,作为湖南省最知名的医院却每年在给广大医务工作者做着"三基"培训,以保证每一个医务工作者能熟练掌握"徒手心肺复苏"等基本技能,为病人的抢救赢得第一时间。

在"首诊负责制、三级查房制、总住院医师 24 小时负责制"的严格规范下,湘雅医院 2004 年在 "120 万以上门诊量,4.8 万人次住院病人,2.5 万台次手术"的医患交流中,日夜弹奏着关爱生命、呵护健康的美妙音符。

记者坚信,这些美妙的音符永远不会让唐北沙沉醉,他将踏着这些动听的音乐,和医务工作者轻松前行,和医院一道走向更加美好的明天。

▶ 唐北沙："自古忠孝两难全啊，
我有一时真想对我的亲人说声对不起" ◀

确实，在同事的眼里他是一个能人，在病人的眼里他是一个医师，在记者的眼里他是一位真人。但唐北沙总说自己是一个凡人，说他也有过普通人那样深沉的忧郁和莫名的烦躁：医院四周的马路总是在挖个不停——修了芙蓉路修湘雅路，后来修了中山路，现在又修湘雅路，他为不能给前来看病的患者和家人提供一个便利的交通无数次焦急过。每次因修路挖断水管影响病人用水时，他有时都急得想骂人，"一时的不便是为了今后的长久方便"，这个理他懂，但他不想让"客人"有半点不便，这一点让记者充分感受到他的亲民情节。

在谈到医院的未来发展时，从唐北沙的脸上可以感受到一丝丝的兴奋。投资 12 亿新建的医疗区，将从根本上改变病人的住院条件。记者从去年年初的《中国医药报》上得知，设立了 1200 个固定停车位，配置了 2000 张床位的新医疗区，2007 年即可投入使用，到时它将是"亚洲第一医院"。届时，病人和家属可以在这里享受到世界一流的医技服务。

如果说唐北沙在谈到医院的现状和发展时，眼睛是清澈透明的话，那记者要说，当谈到他的家人时，记者分明能感受到他的眼眶发红，偶尔能感觉到这位热血汉子的眼眶有愧疚的泪水在打圈："自古忠孝两难全啊，我有时真想对我的亲人说声对不起。"

是啊，为了病人的康复，为了医院的发展，为了学生的成才，为了他挚爱的医学事业……他放弃了与朋友的休闲娱乐，放弃了与亲人的节日团聚，放弃对亲人病床边的守护，放弃了许许多多常人能拥有的东西——那些东西在他人看来是何其普通，可于唐北沙又是何其珍贵呀！

"1995年夏天，父亲住进医院并被诊断为鼻咽癌，当妻子打电话告诉我这一消息时，我真的很想很想回到湖南，回到父亲的身边照料他老人家，但我当时正在进行医学遗传病学调查，如果中止调查，那将影响整个集体的调查进程。因此，咬咬牙没有告诉别人。每当调查后有片刻的时间清理思绪的时候，父亲的影子就在我眼前飞舞。"说到这里，唐北沙低下头慢慢地喝了一口水以缓解自己激动的心情。

唐北沙从小崇拜从事新闻事业的父亲，酷爱尊为人师的母亲。但他深深感到自己是一个好医生却不是一个好儿子：今年6月的第二个周四，母亲高烧近40摄氏度，他一边紧张地处理着公务，一边打电话给在省中医附一当医生的妻子，嘱其买药去照料。当天处理完公务，就飞赴西安参加全国会议。母亲只有唐北沙一个儿子在长沙工作，在长沙工作的儿子去了外地，母亲只好一个人去社区卫生所打针，母亲不知是年岁大了还是当时出于一种什么心态，在看病时对社区医生说："你们可不能看错病了，我儿子是湘雅的。"在治疗的过程中，医生半开玩笑地说："老太太，你儿子是湘雅的，为什么不见他来看你，你为什么不去他那里打针呢？"唐北沙周日飞回长沙，又一头扎进了工作中，周一下午妻子打电话到办公室才想起母亲病着。晚上赶到母亲的身边时，母亲没有埋怨只是以玩笑的口吻说："你再不来，妈妈会被当成诈骗犯了，因为我说儿子是副院长，他们见不到你，不相信。"北沙紧紧抓着母亲的手，滴着饱含内疚的泪水说："妈，儿子对不起您。"

在唐北沙几十年的风雨人生中，他"对不起"的亲人何止父母？夫妻的结婚纪念日,妻子和儿子的生日,别说是礼物,连盼他早点回家都是一种奢望;儿子感冒发烧,在儿子身边喂药擦汗的,除了妻子还是妻子……

哲人说,每一个成功的男人后面都有一位优秀的女人。我要说,每一个成功人士的背后,永远树立着三座丰碑:责任!爱心!忘我!

从对唐北沙两天的采访中,从和湘雅医院医生、患者的交谈中,记者真切地感受到,唐北沙无时无刻不在爱着自己的父母、自己的妻儿,但他以一种博大的胸怀更深沉地爱着他的事业、他的同志、他的病人,以拯救病人、壮大医院、投入忘我的工作着。

在行将结束无数次被电话打断的采访的时候,唐北沙的手机再次响起,他接完电话很抱歉地说:"对不起,来了重病号,我得去看看,我得走了。"

记者看了看手表:时针已指向深夜十一点四十二分。记者没有觉得唐北沙有什么对不起自己,而是心中涌起温暖的感动,在多少大医院有多少病人从入院到出院见不到教授的亲诊啊。在电梯口,记者还是控制不住地说:"院长,科学没有尽头,事业没有终点,生命十分有限,一定要给自己的心留点休息的时光。"

握手言别,记者驾车缓缓行驶在繁星闪烁的深夜,心在想:假若医学领域是一个星系,那湘雅就是那轮带给人类光明与温暖的太阳。

完稿之时,记者衷心地祝愿:在医学星系里没有陨石与流星,有的是不落的太阳和月亮。因为吃食五谷杂粮的人类,需要唐北沙一样的天使,去帮助他们摆脱疾病的阴影……

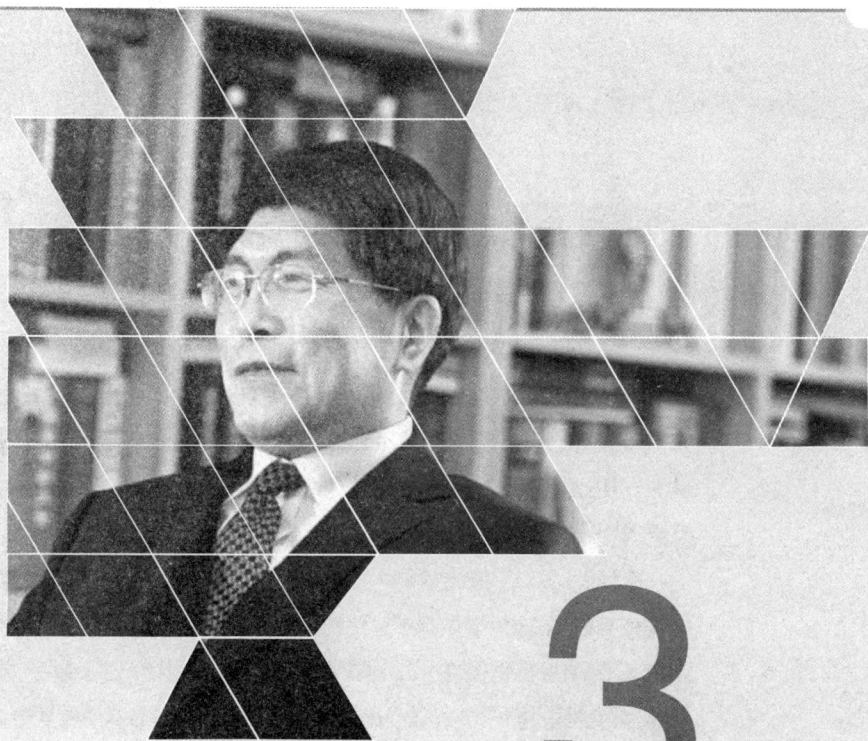

3.

药海未殇　情满时光

——走进李焕德的情感世界

2016 年 10 月，《中国医院药学学科发展史》由中国科学技术出版社正式出版发行，李焕德作为最年轻的学科发展进程中的重要人物被列入其中。《中国医院药学学科发展史》第三章《医院药学学科发展进程中的重要人物》这样记载——

李焕德（1953-）湖南省新宁县人，药剂学教授，一级主任药师，博士研究生导师；中南大学湘雅二医院药学部主任，中南大学临床药学研究所所长，湖南省毒物咨询中心主任；毕业于中国药科大学药学专业，长期从事体内药物（毒）物分析与临床药物代谢动力学科研与教学工作；1994年晋升副教授，1998 年破格晋升教授、主任药师。

多年来，李焕德主任在抗精神病药物合理与安全使用的基础与临床、中毒与解毒两个领域进行系列深入研究，发表相关论文 380 篇，其中科学引文索引（Science Citation Index，SCI）收录论文 70 余篇；主编《临床药学》《解毒药物治疗学》等专著 16 部，2007 年《临床药学》列入教育部药学类规划教材，《解毒药物治疗学》《急性中毒毒物分析与诊疗》两本专著填补了国内空白，在同行中有较大影响；获中国药学科技成果二等奖、中华医学奖、保罗杨森药学研究二等奖等多项奖励；近年来研究方向重点转向中毒与解毒机理研究，承担国家自然科学基金、湖南省中医药科研计划项目及湖南省自然科学基金等课题研究。

2016 年 10 月,《中国医院药学学科发展史》由中国科学技术出版社正式出版发行,李焕德作为最年轻的学科发展进程中的重要人物被列入其中。

2016 年 11 月 30 日,63 岁的李焕德再次当选为湖南省药学会理事长。

2016 年 12 月,中国医疗界最具权威最具影响力的复旦大学医院研究所公布中国最佳医院和最佳医院科室实力排行榜,湘雅二医院位列全国第七,李焕德领导的中南大学湘雅二医院药学部,在全国排名中位列第三。

2017 年 1 月 8 日,我再一次敲开了李焕德的家门,不是去采访他成功背后的艰苦创业与刻苦自学,也不是去分享他 2016 年第四季度的辉煌成就与荣誉,而是试图走进他的内心世界。

李焕德每每出差来到海滨,总喜欢拥着午后的阳光,投进海的怀抱,感受"惊涛拍岸卷起千堆雪"的壮观,总喜欢在夜色阑珊中情不自禁地向大海边走去,在夜深人静的时候,静静地坐在沙滩或礁石上,感受海的神秘,聆听海的私语,分享海的浪漫。

李焕德常常感慨,药界如海,人生如船。药海呀,它曾给予多少医者人生的烂漫,给予多少庶民百姓生的希望。同时,也正是这波涛汹涌的药海,吞噬了多少人的灵魂,粉碎了多少个道德的底线!

2011年,李焕德第2次在中国药学大会上获得全国优秀药师奖。李焕德的获奖感言是:"在医疗服务的团队中,药师是一片绿叶,是一种服务,更是一种责任,人们常说'是药三分毒',而药师则是制造和使用这些'毒物'的人。"李焕德从业四十多年,从未忘记自己的工作是病人的生命所托,更从未忘记职业道路上"学海无涯"的古训。在湖南床位数最多的医院(住院高峰时病人住院数超过5000人)、在最敏感的岗位——药剂科主任位置上一干10多年,却从没有收过别人一分钱,这是一个奇迹!这个奇迹,源于他骨子里浓浓的乡情、真情、亲情!

▶ 故土情,梦牵魂绕 ◀

李焕德出生的小山村,新宁县对江乡白竹村,是一个充满诗意的美丽的小村庄。那是世界闻名的世界自然文化遗产,美丽崀山脚下的一个优美而宁静的小山村。

如果你对白竹村不了解的话,你对新宁县应该很向往。李焕德的家就在这个吸引世界眼球的新宁县,就在崀山边上。关于崀山,《新宁县志》曾有如下记载。崀山之"崀"见于《辞海》,曰:"崀,地名,在湖南省新宁县境内。""崀",山之良也,可见崀山之美。崀山并不是个别的山体,而是当地山水的统称。当地的神话乃至地方志说:相传当年舜帝南巡路过新宁,见这方山水之美丽,便脱口而出,"山之良者,崀山"。因此,舜老爷子就造了这个"崀"字。良山为崀。诗人艾青曾在当地教过书,其名句:"为什么我眼中常含泪水,因为我对这块土地爱得深沉",说的就是这里。并写下了"桂林山水甲天下,崀山山水甲桂林"的著名诗句。

我不止一次听李焕德自豪地谈论这个美丽的地方,也无数次从影视与文学作品中领略了新宁之美。真正目睹其尊容,是 2010 年的 10 月。

李焕德这个漂泊药海 40 多年的游子,带着满腔的怀念与感激,带着人世沧桑的感悟,于 2010 年的国庆假期,邀请我一起踏上了阔别 40 多年的故乡热土,寻找根的足迹,吸吮竹叶的芳香,聆听崀山与竹海的私语,寻找童年的脚印。

这是一个国庆假与中秋假重叠的假期。此次回乡,心中除了国庆的感恩,更多的是对逝去岁月的怀念,和对故土哺育的感怀。

下午 2 点,我们开着借来的 SUV 来到了李焕德的家门口。一放下简单的行李,李焕德就坐在老家门口的廊檐下,静静地感受着清新的山风和泥土的气息,回忆着这个载体里的点点滴滴。李焕德的目光平和而柔情地洒向前方。他看见了前面的那条流向湘江的小溪,看见了溪旁边那座长满翠竹的高山及山脚下层层叠叠的梯田,也仿佛看见了夏天时一场大雨过后阳光照耀下架在两座山头上的彩虹桥。迷蒙中,李焕德似乎又听到了山后那个学校的铃声,叮铃而清脆。李焕德家的这座老屋坐西朝东。李焕德说,小时候早晨起来,他也常常坐在这个位置看着太阳从山的背后一点一点的升起,当阳光照进身后的这扇大门时,大概就是早上 7 点钟,这时奶奶就会催着他快吃早饭,吃完了去上学。早饭有时是两个烤红薯,有时是蒸包谷棒,或者是用油桐叶包的荞麦粉做成的粑粑。

第二天,我在李焕德的陪同下,寻找到了他曾经就读的小学。李焕德的启蒙小学在大山后面的另一个叫新岩的小村庄,每天早上走 40 分钟崎岖的小山路到学校。每当遇到下雨天,他总是脚上一脚泥,身上的衣服湿透。到学校后,一般都是连续上7节课,中午不休息也不吃饭,直到下午3点放学后才回到家吃中饭。学校是一座地主家的老宅院子,很有历史的印记,应该是清代的建筑,门前有十八级花岗岩的阶梯,大门的两边各有一只威武的雄狮审视着每一个进出的孩童,特别是屋后的那片估计有千年历史的参天古松林,还有那需要8人才能合抱的千年古银杏树,总是李焕德漂泊时的魂牵梦萦。李焕德说,非常可惜,在"文革"中它已被砍伐殆尽,现在屋后的这片郁郁葱葱的树林,只是近二十年才长出来的"原始森林"了,要不现在该是一处多么美丽的旅游景点呀。由于年轻人都已外出工作或打工了,我们看到的院子里,只有三四位老人,在悠闲地晒着太阳,享受早秋的温暖,房子已年久失修,破落不堪。

李焕德记得,上小学的必经之路上,有一座用一块整体花岗岩做成的神奇的石板桥。桥长大约3米,宽约1米,桥的两头各有2棵需5人才能合抱的千年古树,其中两棵为苦栗树,两棵为松树,四棵大树成对角线排列,俨然像4个守护着这座桥的卫士。石板桥除赤裸硬朗的身躯外,一无所有。它不辱使命,千年奉献,为步履匆匆,为步履轻盈,它身上那数不清的一双双脚印,残留着长年风霜侵蚀的斑驳痕迹。它饱经岁月沧桑,备尝世间冷暖。也许你以为这是乡村的一座普通小石桥,没啥稀罕的,可这座石桥历史久远。有考古学家分析,这座桥应该有1000年左右的历史!李焕德还清楚地记得,在桥的西头还立有一块石碑,碑上刻有出资建桥人的姓名及建桥的年代。很可惜,那时人们并不懂什么是文物古迹,更不知道要保护文物,未能将碑文上的建桥时间记录下来,"文革"中该石碑也不知去向。桥头的四棵大树,特别是东头的两棵,因为桥头的磊石年久失修已被水冲垮,大树也已死亡。现在,我们看到的,石桥的东头已落入水中,只有西头的两棵树尚存,但也已完全失去了当年枝繁叶茂的景象,更像是由于怀念失去的伙伴而病态龙钟的样子。李焕德记得，他上小学时，桥距水面的高度约三米，桥下的水潭最深处也有二米多，清澈见底。夏天的时候，李焕德会和小伙伴们，将石板桥当成跳台，经常在这里跳水戏嘻，摸蟹抓鱼。生长在这清澈见底的溪水中的一种小鱼，类似洞庭湖中的小白刁，最长的约3寸，2个手指大小，平时没人干扰时，小白刁在水中成群结队的漫游；如果你投入一块石头，它们便会发狂似的跃出水面或飞快的向下游的出水口冲去。根据鱼的这种特性，李焕德设计了一种抓鱼的方法，先在下游出口处用石头垒出一个漏斗形的小口，由于水面突然变窄而流速加快，有利于受到惊吓的小鱼顺水流而快速冲出，然后用一种竹子编成的捞鱼工具正面对准漏斗口，由一人把住提手，另一人从桥上跳下，冬天天冷时也可以从桥上向下投石块，小鱼儿受到突如期来的惊吓，飞快的向出口冲出，待刚进入捞鱼具的一刹那，守鱼具的人快速的提起鱼具，小鱼儿便成为了孩童们的战利品。有时候，运气好，一次可捞上10来条鱼。小鱼儿是没有记忆的，在完成了一次捕捞作业，待水面平静下来后重复一次操作，它们仍然会义无反顾的往"罗网"里冲，这是李焕德少年时代一种最有趣的活动，介绍到这时，我可以明显看到他脸上洋溢的自豪与幸福。

李焕德和小伙伴们有时也横趴在石板桥上，观桥上蚂蚁搬家，看桥下溪水流淌，和月亮一起在水中徜徉。李焕德说，在这里留下了太多太多童年的美好记忆。直到上世纪90年代中后期，李焕德每次回老家看望父母时，只要是夏天，他还会到这里去洗个冷水澡，找寻童年的记忆。

李焕德眷恋着家乡的山山水水，一草一木。李焕德更深深地爱着这片故土上的每一个村民，每一个亲人。在湖南的农村，很多地方，一个村庄就是一个"家"，村子里的每一个人，都能牵上亲情血脉。

2000年的一天下午，一位1米52左右个儿的小姑娘，敲开了李焕德办公室的大门。她小巧玲珑的身材，水灵灵的大眼睛，穿着大方却又不失时代潮流，娴静端庄，一头乌黑的头发瀑布般垂直地披在肩上，脸蛋微微透着淡红。

李焕德抬头看到她，第一印象就是似曾相识，又想不起来曾在哪里见过。李焕德请她坐下后正准备问她时，她站起身来递给李焕德一张名片，并自我介绍说："我是简乃贵的女儿，现在湖南经视台工作，是一名记者，说来还应该叫你表哥呢。"听后，李焕德感觉到她的长相、气质，与30多年前李焕德印象中的"简乃贵"确有几分相似。

李焕德边递茶水边问："老人家现在怎么样？身体还好吗？今年应该有60了吧？"见李焕德这么急切的询问，她泪水忍不住决堤而出。她泣诉着告诉李焕德："爸爸今年60岁，刚退休。不幸的是，得了脑中风，偏瘫了。经过当地几家医院的抢救与治疗，人是救过来了，并有所恢复，但走路仍然很艰难，生活难以自理，讲话含糊不清。今天，就是特地来找你帮忙看病的。"

李焕德马上站起身来说："他现在在哪儿？你为何不早说呢，走吧，走吧，赶快带我去见他！"

李焕德急忙锁上办公室的门，跟着她一路小跑来到门诊大厅。简乃贵见到李焕德时，十分艰难地想站起身来和李焕德打招呼，但已力不从心。李焕德从他脸上的复杂表情看得出来，他当时内心的痛苦。李焕德急忙走过去扶他坐下并安慰着。由于疾病的折磨，昔日的英俊少年，已是满头白发，极显苍老，说话都很艰难，与30年前李焕德见到的那个30岁还没出头带着军人气质、英武洒脱的他很难联系在一起。于是，李焕德马上为他挂了号，并送他到神经内科，为他找了一位最权威的老教授进行了详细的检查和诊疗，开了一些脑功能恢复的药物，银杏叶提取物制成的制剂，华宝通及一些活血通络的中成药等。

李焕德介绍，医学发展到今天，虽然很多疑难疾病已能完全治愈，但脑梗死(中风)后遗症目前还没有很好的治疗方法。急性期挺过来以后,关键在于每个人的体质及康复治疗。当然,从医学的角度来看,更重要的是梗死的部位和急性期的处理是否及时和成功。拿好药以后,李焕德给他讲了具体的用药注意事项,并推荐了其他的一些治疗方法和注意事项,同时给了他自己的电话号码,嘱咐简乃贵有事一定要再来找他。临别时,也给这位初次见面的"故乡亲人"留了详细的联系电话和家庭地址,希望她有时间常来走走。

讲到这里,李焕德的脸上滑过泪水,思绪将我们带回到了那个难忘的 1970 年。

1970 年 7 月,正值史无前例的无产阶级"文革"进行地最为激烈的时期。工厂停产,学校停课。举国上下,红旗飘杨,到处革命歌声嘹亮,随处可见跳忠字舞的人们。那时候,无论男女老少,年轻人个个都穿着自制的草绿色仿军装,左手臂腕佩戴着红卫兵袖章,肩上挎着盖子上手工绣有红五星的仿军用背包。有些人为了外出方便,还在"军用背包"带上扎上一条毛巾,另挂一只塘瓷杯,随处可以擦汗、喝水,手里则拿着一本红色封面的毛主席语录,那时都叫红宝书。那时,不管走到哪里,办任何一件事情,首先要有一种仪式,即双方都必须先读一句与你要做的事情相适应的毛主席语录。如到商店买东西时,你得先说"毛主席教导我们:要斗私批修",营业员则接着回答说"伟大领袖毛主席教导我们:为人民服务。"然后营业员才问你"需要买什么东西?"这种奇怪的对话方式,现在只有在谍战片中,我党的地下工作者秘密接头时才能见。但在当时,却代表了你的阶级立场和对伟大领袖毛主席忠诚。现在的年轻人听来觉得既好笑又不可思议,但确实是李焕德他们这一代人当年亲眼所见并亲身经历过的千真万确的事情。

"文革"中,教育系统是主要的革命对象。中小学校停课闹革命,大专院校从 1965 年以后就停止了招生,整个教育体系几乎完全都乱了。李焕德是 1966

年下学期考入新宁县第五中学的，县五中离李焕德家大约有 30 多公里路程，当时去学校只有二种选择，一是先走 10 多公里山路到对江中学所在地，再搭乘从东安到新宁的班车，折腾下来也需要大半天时间，有时还可能搭不上车，得等到第二天才能走。第二种选择是直接走山路步行走过去。李焕德当时毅然选择了第二种方案。时年 13 岁的李焕德，肩上挑着被子和箱子，还有奶奶准备的红薯、玉米等吃的东西，与另外两个同学一起，他们从早上 9 点出发，下午 5 点钟左右才到达一渡水区政府所在地——新宁县第五中学。我们到达新宁的第 3 天，就去参观了县五中，发现学校保存完好，还新建了一栋教学楼。

李焕德坦言：尽管一天步行下来又累又困，但仍抑制不住内心的兴奋。因为在李焕德的心目中，新宁县第五中学是一个多么神圣的地方！从那以后的 6 年，李焕德将在这里学习、生活，汲取营养，并长大成为一名有知识的中学生，并将从这里考进李焕德所向往的大学，去实现自己的人生理想。

李焕德清楚地记得，到达学校的第二天上午，他被分在初 117 班。简单的开学典礼后，就开始了初中新学期的学习生活。第一学期，学习上课还算正常。在李焕德的记忆中，语文、数学、物理、化学、生物等课程都开了。除了上课，学校偶尔也会组织全校师生开大会传达重要的文件，基本是有关"文革"的中共中央文件。其实，这些文件对于李焕德来说，简直就是对牛弹琴。唯一留下深刻记忆的是，11 月份中共中央召开了三中全会，学校组织了全校师生庆祝大会，并举行了锣鼓喧天的上街宣传游行庆祝活动。学校的文艺宣传队还赶排了文艺节目。

李焕德说，随着运动的深入进行，学校的秩序越来越差，校园里很快就出现了各种造反组织，如"湘江风雷""高师"，还有所谓的"保皇派"等组织。不久，学校开展了对资产阶级反动教育路线及反动学术权威的"大鸣、大放、大字报、大辩论"（简称"四大"）。揭发批判的"重点人物"，是资产阶级反动教育权威，具体对象也就是当时的校长、教导主任和几名出身不好的骨干教师。当然,能够加入造反派或保皇派组织的,主要是学校部分具有造反精神的青年教师和少数高中部年龄较大的高三年级的学长。李焕德他们这些刚入校的十三四岁的初中生,只是看看热闹,觉得好玩而已,有时候也稀里糊涂的跟着一起喊喊口号,但并不知道谁对谁错,谁是谁非,更不知道造反派和保皇派是什么意思,只看到他们总是相互对立,张贴完全不同观点和内容的大字报,有时造反派一方刚贴上去,另一方马上又贴上去一层将其覆盖,有时双方还会大打出手。

1969 年上学期尚未结束,学校就接到上级指示,中学初中部一律下放到各乡镇。于是,一场轰轰烈烈的学校下乡运动开始了。原来各乡的完全小学,一夜之间都升格成为初中,而李焕德所在的第五中学则只保留了高中部。

于是,李焕德又回到了熟悉的对江完全小学,现在变成了对江中学。所幸的是,当时五中的一大批老师也随着学校的下放运动而分到了各个小学校。李焕德记得非常清楚,县五中的教导主任唐光明老师,还有一位教体育课的邝庆华老师,都下放到了李焕德后来就读的对江"中学"。唐老师虽然被戴上了反动教育权威的帽子,受到了批判,但下到对江中学后,他仍然做了学校的教导主任。

在李焕德的心目中,唐主任是一位和善、严谨而又有学问的教育家。在他的领导下,新组建的对江中学开始了新的征程。尽管当时完全小学的一大批老师突然升格成了中学老师,他们尚未完全适应新的岗位和教学内容,上课有点吃力,但是他们都很努力。更重要的是,毛主席说了"教育要改革",这可是一句顶一万句的最高指示。因为当时已基本废除了各种考试制度,上级教育部门对教学质量并无过多的要求和太大的压力,对付李焕德他们这些文化基础本来就不好的穷山沟里的中学生还是可以的。当然,与现在城里的初中是无法相比的。不过,这种改革在当时还是很受老百姓欢迎的。因为,它解决了一大批农村儿子就近上初中的大问题。要知道,在此之前,新宁全县只有五所中学,小学上初中的升学率只有10%左右。因此,当时李焕德能考上新宁五中可是一件非常了不起的大事。

学校下放到乡以后,尽管具有丰富教学经验的教导主任唐光明老师仍然在主管教学工作,但他已经完全没有了行政管理权。随着工宣队的进驻,学校的教学秩序也越来越差。至今令李焕德难忘的是,有一位叫李朝平的工宣队队长,是李焕德的本家,算是爷爷辈了。他是一位退伍军人,总是理一个平头,脑袋中间呈凸起状。那时,李焕德的很多同学在背地里称他为"凸脑壳",一双大眼睛呈金鱼眼状往外鼓出,典型的甲状腺功能亢进的表现,一看就是一介武夫的样子。据说他小时候是一个孤儿,没有读过一天书,根本连大字都不认识几个,但他竟然也大模大样的当起了中学校长,还要领导一切。

李焕德说,按当时常规,学校校长应该兼政治课老师,但"凸脑壳"不能讲课,也不能做报告,每天只会背着双手到处瞎转悠训人,直白地说更像是泼妇骂街,有时还闹出不少使人哭笑不得的笑话。最令学生讨厌的是,他时刻不忘当兵几年受过的军事训练,也可能是他自己受惩罚太多之故吧,他每天早晨6点钟就起床亲自打响那片挂在老槐树上用一小段钢轨做成的上课铃,要他们寄宿在学校的学生们接受军事训练,甚至用训练军人的办法训练李焕德他们这些十几岁的中学生。经常有同学由于早晨睡不醒,迟到或动作不规范而被他罚跑20圈(约4000米),或原地罚站,点点滴滴,至今记忆犹新。

从1969年下学期开始,随着学校及老师的下放,时断时续的复课闹革命的浪潮此起彼伏。李焕德这个幸运儿坚持到了1970年5月,马上就要面临初中毕业升高中的时刻。当时的农村还相当贫穷,"读书无用论"很是流行,很多农村的小孩能够读到初中毕业就很不错了。至于学到了什么东西并不重要,重要的是有过上初中的经历,不但好找对象些,还有可能当上生产队队长或民办教师。初中毕业以后,要么回家务农,要么去"三线"打工。当时,三线铁路(即湘默、枝柳铁路)正在怀化、黔阳等地轰轰烈烈的建设中,属于国家重大建设工程,需要大量的青壮年劳动力。

李焕德也一样面临着选择。当时的对江公社(现在的乡政府)办公地,就在李焕德就读学校的一墙之隔。公社有一个广播站兼电话接转站,该站只有一名工作人员,站长兼工作人员。站长即将退休,需要一名接班人。李焕德感慨:在这样一个穷山僻壤里,能有一个吃国家粮的岗位可是一件天大的好事啊。当时的公社办公室秘书是一个 30 岁出头,长得很帅的白面书生。他到学校找到了唐主任,说要到学校招一名接线员,并点名要我去,唐主任把我找到了他的办公室问我"毕业了有什么打算? 要是现在有一个吃国家粮的工作岗位,你愿意干吗?"李焕德睁大了眼睛看着唐主任并好奇地问,"唐老师,到底是什么工作?学校那么多学生,比我优秀的很多呀! "比如,李中木、彭双全,当时都是李焕德同学中的佼佼者。唐主任笑了笑说,"工作嘛,就是公社的电话接线员。为什么这么多人就选到了你嘛,保密。你只需要回答干还是不干。"李焕德看到唐主任认真的神态也就不再问了。他当时就毫不犹豫的说,"唐老师,我不去。"唐老师说"为什么呢? "李焕德回答说,"我想再多读点书,一直读到大学毕业。要是今后有推荐到什么学校读书的机会,你就推荐我吧。"唐老师望着李焕德赞许的点了一下头说,"去吧,好好读书,以后总是有机会的。"

出了唐老师的办公室,李焕德想了很久,总在想是谁这样看得起他? 而唐主任又为什么要保密呢? 很多年以后,李焕德才知道,当时的公社办公室秘书与家父有过交情,父亲曾跟他讲过家里的情况,希望李焕德能早点工作减轻一些家里的生活负担。唐主任不想在一颗幼小的心灵中留下不好的社会关系网的坏印象，所以没有告诉李焕德当年选择他的原因。李焕德后来想，这也许就是一位人民教师的良好的师德吧。

时间在迎考中过得很快，转眼就到了 1969 年 6 月底，马上就要毕业会考了。有一天，唐主任又把李焕德叫到了他的办公室，非常认真地对李焕德说"上次你对我说过，如果有读书或学习的机会再推荐你，我时刻记在了心里。今年国家已经恢复大学招生了，湖南中医学院在我校有一个招生指标，是学医，你愿意去吧？"

李焕德一听，几乎高兴得跳了起来，未加思索地马上就说愿意。因为李焕德从小就有两个理想，一是读师范当老师，第二个就是读卫校当医生。那时，李焕德根本就不知道学医学除了卫校还有医学院、中医学院、医科大学等不同的学校。

李焕德说，在那时，农村缺医少药。小病一般是不会去医院看医生的。只有病得起不了床了，才请人用竹制的滑竿抬着往县人民医院送。有些病人经不起3-4 个多小时路程的折腾，在半路上就死去了。李焕德那时想，要是能当个医生，在家门口就能治好这些病人，该有多么伟大啊！唐主任看李焕德高兴的样子，也高兴地笑了。

是啊！在这样一所穷山沟的乡村中学，在这样一个读书无用论的氛围和年代里，有这样一个喜欢读书的学生，作为一名从事教育工作多年的老师怎能不从内心里感到高兴呢？然后，他跟李焕德详细地讲述了这次推荐李焕德去上学的想法，并且告诉他，由于是中医学院招生，希望是一名有点医学基础的赤脚医生。赤脚医生一词，是"文革"的产物，也是伟大的创举。它解决了当时广大农村缺医少药、老百姓看不起病的问题。赤脚医生都是当地土生土长的农民，经过卫生院或当地卫校简单的短期培训，能够打针、发药，用一般的草药和银针治疗简单的头痛、发热及外伤等常见病。有些赤脚医生此前就是祖传的土郎中,由于他们一般都是背着木制的药箱,赤着脚下到田间地头为老百姓治病,所以俗称叫赤脚医生。其实这是毛泽东时代的一项伟大的创举,后来还得到过世界卫生组织的充分肯定,并在第三世界国家进行推广。

唐主任对李焕德说,"其实,此前公社已经推选过一名赤脚医生去县里报了名,并在县人民医院做了身体检查。由于他患有慢性肝炎,所以给退回来了。我争得了这一替补指标,所以推荐了你。现在时间很紧,你明天就得去县人民医院体检,体检完如果符合要求,招生学校的老师当场就能决定是否录取,能否成功还得看你自己的运气了。"

就这样,李焕德当天下午走了10多里山路赶回家里。记得那天父亲不在家,于是将明天要去县人民医院做体检,可能要去长沙读书的事与母亲讲了。母亲听了很高兴,表示同意并为李焕德借了几块钱车费。第二天一大早,李焕德又赶回学校,一个人赶早班车到了县城。由于此前从未到过新宁县城,找县教育局找了几遍也找不到。找不到教育局就拿不到去县人民医院体检的通知和表格。最后没有办法了,想起在县卫生防疫站工作的一位家乡人简乃贵。说来他还和李焕德母亲同辈,沾亲带故,李焕德应该称他为表舅。本来,李焕德从小就性格犟,最不喜欢喊人,但人到为难时也管不了那么多了,硬着头皮到县卫生防疫站找到了这位从未见过面的"舅舅"。

说是"舅舅",其实他很早就离开家乡出去当兵了,李焕德根本就不认识他。听了李焕德的介绍和说明来意后,他很热情地安排李焕德吃了中午饭。然后,他又告诉李焕德怎么找县教育局,再怎么找县人民医院,以及体检时的注意事项等等。在他的指点下,李焕德一个下午就顺利地做完了体格检查,并符合全部要求,然后再到县教育局见到了湖南中医学院前去招生的那位谢老师。

体检给李焕德留下最深刻印象的是一位又白又胖的眼科大夫,说话很好听又很亲切。说来这个世界也真是太小，三年后当李焕德调入湘雅二医院工作时，一眼就认出这位白白胖胖的丁医生就是当年为李焕德体检的那位眼科大夫。经后来了解，才知道她当时正是下放在新宁县人民医院工作的。她的先生就是附二医院著名的传染病学专家曾华斌教授。

前往新宁县招生的谢老师是一位年轻漂亮的上海人，年龄30岁左右，说话轻言细语，非常动听，微笑时露出两个醉人的浅浅的酒窝，唯一的缺陷是脸上有许多散在的小黑斑。她给李焕德讲了很多有关湖南中医学院的情况及趣闻故事和人校时的注意事项等等，李焕德像做梦一样，似懂非懂地听着。最后，她还特别讲到了等开学以后，学校还要组织李焕德他们去韶山参观学习，这一点特别吸引了李焕德。因为此前很多年龄稍大一点的同学借红卫兵大串联的机会去了韶山，并讲了很多神奇的故事。那里是红太阳升起的地方，可是神圣之地啊，也是李焕德心中向往多时的愿望。

她讲完以后，从公文包中拿出一份录取通知书，填上李焕德的姓名，装进一个印有湖南中医学院字样的信封交给李焕德，并说："祝贺你！从现在开始，你就是正式的湖南中医学院的学生了。待到7月份开学时，我们在长沙再见。"现在回想起来这样的流程和工作速度是不可想象的。

李焕德拿着装有录取通知书的信封，高高兴兴地回到舅舅家。说是家，其实就是县卫生防预站的职工宿舍，舅舅的妻子在外地当小学教师，根本就不在县城。他的家，就是一间大约15平方米左右的房子。房内一张简单的双人床，床头放着一对红色的挑箱，就是家中值钱的家当了。这种挑箱，在新宁县乃至湘西南地区，是出门工作的人必备的用具，乡下人嫁女时也是必备的嫁妆，它很实用。床前靠窗放着一张三屉桌，再也看不到其他的家具。

回到舅舅家时大约是下午6点钟，舅舅招呼李焕德在单位食堂吃了晚饭并告诉李焕德说："今天到对江的班车已经没有了，你今晚就住在我这里。"李焕德口里答应着"好，谢谢舅舅"，但心里却在犯难，因为早上来得很匆忙，加上又是第一次进县城，也不知道要准备些什么，根本就未带换洗的衣服。夏天天气很热，忙乎了一整天，衣服都是汗臭，要跟一位从前并未见过面甚至毫无血亲关系的舅舅挤在一张床上睡，真是太难为情了。但又有什么办法呢？出来的时候，母亲给的几块钱只够买来回的汽车票，招待所也住不起呀，更谈不上去买件换洗的衣服了，只有硬着头皮答应。

说来真巧，晚上八点钟左右，舅舅匆忙回来收拾行李并对李焕德说："焕德对不起你了，刚刚接到县卫生局的紧急通知，XX乡发生一起严重的食物中毒事件，我得带人马上赶去处理，你就一个人睡在这里，早上锁好门窗再走啊。"

虽然李焕德觉得很突然，但心里的重负也就放下了。李焕德说："好的，请舅舅放心。"就这样，李焕德和舅舅分别了。李焕德很多年以后才知道，这位舅舅当时还是县卫生防疫站的站长呢。

光阴似箭，日月如梭，分别依依，情愫渐浓。不管是第二位恩人舅舅，还是第一位恩人唐光明老师，均是李焕德在后来工作中"帮人不要一分钱"的坐标灯和心灵监督人。

▶ 同窗情，清澈美好 ◀

自从拿到湖南中医学院的入学通知书以后，李焕德就再没有继续回学校上课了。记得当时回到学校跟班主任李中太老师和同班同学们简单的道了别，甚至连唐主任的面都未见到,就回到了家里,每天帮母亲打柴、种地,劳动了将近一个月。母亲为李焕德准备了简单的行装,一只小木箱、一床蓝底白花的土布被子和 10 来块钱。当时,父亲是大队党支部书记,已被造反派罢了官,发配到新宁县的麻林乡修电站去了。

1970 年的夏天,是令李焕德永生难忘的盛情之夏。在离李焕德满 17 周岁还差 20 天的那一天,李焕德踏上了改变人生的道路,踏上了医海求学的征程,踏上了充满诱惑的药海之途。

李焕德这个山村娃要去省城读大学了,母亲却没有时间送他去坐车,而是由小姑父帮李焕德挑行李走了 30 多里山路,送到离家最近的火车站——东安县城火车站。李焕德说,我从出生到长大,从山村到去求学,每一步,都融进了山民的希冀,每一步,都有母亲的嘱托,每一步,都弥漫着田间亲情:路上经过二姑妈家时,老实巴交的二姑父平常不爱说话,见李焕德要进省城读书了,可脚上穿着的还是一双母亲手工做的土布鞋,他于是从自己的脚上脱下当时在农村算是很时髦的塑料凉鞋给李焕德穿上,只非常朴实的说了一句"好好读书。"就这样,李焕德流着热泪告别了生养李焕德的小山村,告别了亲人,踏上了通往省城长沙的路程。

李焕德清楚地记得,他是在大约下午 2 点钟到达的东安火车站。这是一个位于湘桂铁路与广西的全州站交界的边城小站,这里也是国民党时期湖南省政府主席唐生智将军的家乡。据说当年湘桂铁路能经过东安县城还得益于他呢。东安火车站建于 1938 年,离衡阳站 175 公里,离桂林站 187 公里。因为是边城小站,每天停靠这里的车次很少。因此,坐车的人也不多。

李焕德至今还记得,他当年离乡求学第一次坐的火车,是从广东湛江到湖北武昌的 161 次直快列车,是过路车,在这里只停 3 分钟。火车要到下午 4 点多钟才能到站,李焕德就坐在候车室的长条木凳上等车。尽管火车站离县城商业中心很近,步行走过去也就 10 来分钟,但是李焕德没有离开车站,因为李焕德和姑父都没有手表,生怕离开了会误了上车时间。就这样坐了半个小时左右,这时只见又有一位与李焕德年龄相仿,个子稍高一点,上身穿着一件黄军装,脚上也是穿着土布鞋的学生模样的男孩子进到了候车室,与他同来的是一位成年男子,约 30 岁,也挑着与李焕德一样的行李。李焕德想:这人难道也是去长沙读书的吗?他心里想,要是能找到一个同伴该有多好啊。尽管在离家前李焕德已将自己当成了男子汉,做好了各种思想准备,但毕竟不到 17 岁呀,而且最远除了最近到新宁县城体检外,此前还从来没有乘过火车,心里还确实有些紧张。

当那人在离李焕德不远处的长凳上坐下后,李焕德就主动的走过去和他打了招呼。

李焕德问他:"你到哪里去?"

他回答说:"长沙。"

李焕德心里别提有多高兴了。

李焕德接着又试探着问:"到长沙做什么?"

"读书去。"他昂着头,一脸骄傲的样子。

"是什么学校呢?"李焕德穷追不舍。

他从背包里掏出了一个信封。

李焕德接过他的信封,眼前顿时一亮,这不是和李焕德那个印有湖南中医学院字样的信封一模一样的吗?再一看里面的录取通知书,除了姓名一栏外,都完全是一样的。原来他叫蒋六林,是隔壁靖卫公社的,也是这次被湖南中医学院录取的学生。他今天也是去长沙报到,送他来的是他的姐夫。

经双方一介绍,对方也高兴极了,因为他心里所想的与李焕德完全一样,也希望能找到一个同路人。这下可好了,俩人不光是同路,而且将来还是同学呢。见他们谈笑风生,俨然一副好朋友模样,送他来的姐夫以及送李焕德来的姑父也都放下了一大心病,可以不用担心"国宝"丢失了。

就这样,李焕德在这个小小的车站,认识了他的第一位大学同学。两个陌生的世界,悄然间开出了无比艳丽的信任之花、友谊之花!我记得史学大师陈寅恪说过:"有些人,一辈子在一起无话可说;有些人,一见面就有一辈子的话想说。"李焕德和蒋六林仿佛有一辈子的话要说了。

六林是1952年出生的,大李焕德一岁,李焕德当然就成了小弟了。六林说他也是1966年在五中读书的,是118班的,李焕德是117班。他跟李焕德一样的命运,1968年回到乡中学的。接下来,他们聊得很多很多,很是投机,也很忘形。

就在李焕德他们俩人谈得正高兴时,时间接近下午3点半钟。这时,候车室里又进来了两个长得很漂亮打扮时髦的女生,当时在李焕德眼里算是穿得很洋气的城里女孩子,说一口纯正的新宁土话,还带点粘粘甜甜的味道。其中最经典的一句话是"那呢干子"也就是"那时候"的意思,她们是两人结伴而来,自己挑着行李,并无亲人前来送行。李焕德那时想,或许他们是城里人,见多识广,也或许是她们年龄稍大些的原因吧,女孩子出远门也无家人护送,比李焕德他们两个男子汉还要强呢。

她们俩在离李焕德和蒋六林不远的地方放下行李坐下后,眼中就像根本没有见到李焕德一样,只管两人自己讲话、说笑、吃东西。看着她们那种骄傲的样子,李焕德脑海中快速的搜索并闪现出一个记忆,她们两人中个子较高点的一个似曾见过,好像一年前随县教育系统"活学活用毛泽东思想积极分子讲用团"到李焕德就读学校作过报告,名叫许竹英,是新宁一中老三届的高中毕业生,身高大约1米68,皮肤白皙,双眼皮,还有两个迷人的小酒窝。那时在李焕德的眼里,她应该算得上是一个大美人。另一位个子稍矮,身材较丰满,长得也还好看的女生在到长沙后,李焕德他们才知道她叫唐晓新。

李焕德与蒋六林耳语了几句后,大着胆子靠近她们问:"你们到哪里去?"

她们异口同声,而且不无骄傲的回答:"长沙。"

李焕德心里想,难道她们也是去湖南中医学院的?于是,李焕德又鼓起勇气问了一句,"去长沙干什么呢?"

"读书。"

"啊!读书?什么学校呢?"

"湖南中医学院。"许竹英不屑一顾地说。

怎么这么巧?李焕德心中一惊。于是,李焕德高兴地告诉她们,我们也是去那所学校的,也是刚才认识的,并互相报了姓名,我们应该是同学又同道了。

说完后,李焕德满以为她们会高兴得跳起来,但是,她们却像秋天里的湖水看不见波澜,眼神中有的是不可捉摸的藐视和不信任的感觉,根本就没有将他们俩人放在眼里,也不再谈论到长沙读书的事情。

是啊!他们是吃商品粮的城里姑娘,而且从年龄上来看也应该大李焕德他们几岁,其中一个还是当时在全县教育系统红得发紫的学习毛泽东思想的积极分子。在她们的眼中,或许根本就看不起李焕德他们这两个乡下牙仔吧。她们冷淡的态度和高傲的表现,严重的挫伤了李焕德与蒋六林的自尊心。在接下来的候车时间里,李焕德他们再也未与她们交谈过了。

随着一声汽笛长鸣,一列从北往南的客车驰入了火车站。李焕德认真地看了看墙上的挂钟,离自己要乘坐的161次火车到达的时间还相差半小时呢。李焕德想,这不是他们要坐的车次,而且尽管以前从未坐过火车,但直觉也告诉李焕德,这趟火车是向桂林方向开的。于是,李焕德与蒋六林坐着未动。奇怪的是，李焕德对面的两位骄傲的城里妹子，却迫不及待地拿上行李，也不和李焕德打声招呼，就慌忙地挤上了那列火车。她们刚一登上火车，车门就关上了，还没等李焕德与蒋六林反应过来，只听得一声汽笛长鸣，火车驶离了东安车站。李焕德迷惑地跑去问车站的工作人员才知道，那趟车确实不是去长沙的火车，而是一趟从北京到南宁的直快车，在东安站只停靠3分钟。

"不好了！这两位城里人肯定上错车了！走反了方向。她们明明是说要去长沙上学的呀。怎么办？"李焕德迅速地追问着自己。

尽管她们骄傲自大，眼中无人，但作为男子汉和未来的同学，李焕德也不能眼睁睁地看着她们在错误的道路上越走越远呀。曾经外出打过工，见过一点世面的蒋六林的姐夫说，"别急，我去车站办公室打个电话，要下一站全州车站将她们拦下来。然后让她们在全州站再上往长沙方向的火车。别急，不会有事的。"

待蒋六林的姐夫打完电话后，李焕德他们要乘坐的火车也进站了。李焕德与蒋六林匆匆与亲人道别后，就登上了北上的161次列车。就这样，李焕德第一次真正地踏上了人生远征的路程。

161次是一趟从广东湛江开往武汉的长途直快列车，由于是过路车，车上人很多，李焕德他们上车后根本找不到座位。勉强将行李塞进拥挤不堪的行李架后，李焕德他们两人就站在过道上。因为都是第一次乘火车，尽管站着有点累，但还是兴致蛮高的有说有笑。那时的火车速度很慢，直快也只能每小时走50公里左右，只不过沿途停靠站少一些，因此比普块列车要快一点。从东安到长沙350公里路程，需要7个多小时。李焕德他们站了大约3个多小时，火车驶入了衡阳车站。衡阳是一个贯通东西南北的中转大站，下车的人很多。李焕德在衡阳才找到了座位，坐了下来。大约晚上10点多钟，火车到达了位于现在的芙蓉广场处的长沙火车站。

　　湖南中医学院设在火车站广场的迎新生接待站热情地接待了李焕德。一位工作人员帮李焕德把行李送上了一辆解放牌大卡车。上世纪 70 年代各单位都没有专用的交通车，接送人都用装上蓬布的大卡车，也没有座位。李焕德他们上了大卡车站在车箱里，经过大约 20 分钟时间，到达了位于东塘广场南侧的湖南中医学院第一附属医院。据资料记载，该院创建于 1963 年，经过历代中医附一几代人的不懈努力，现已成为一所以医疗为中心，"医、教、研"三位一体，湖南省首家三级甲等中医院和全国省级示范中医院，成为湖南省中医"医、教、研"中心和龙头。现在的湖南中医学院第一附属医院占地 110.6 亩，建筑面积 14 万平方米，在职职工 900 多人，但 1970 年时只有一栋门诊楼和一栋三层的住院楼，且住院楼设置的 6 个病区只开了 3 个，约 150 张病床，职工总数才 300 多人。

　　进入医院大门后第一感觉就是一股浓浓的药味，那种只有从农村第一次进入医院才能够感觉得到的消毒药水的特殊气味，后来才知道那是碘酒和新洁尔灭的味道。

　　晚上 11 点多，李焕德他们才匆匆忙忙将行李搬到学生宿舍。宿舍设在一栋红砖砌成的四层楼的顶层，是一间很大的房间，里面摆放了 20 多张钢结构的高低床。在李焕德之前，已经有很多同学先报到了。靠近窗口采光好的位置，都已经有人了。于是，李焕德与蒋六林只能毫无选择地住在靠门边的床位。折腾了一整天，已累得不行了，打开行李铺上被子，连脚都没有洗，一倒下就呼呼大睡了。

　　由于睡得较晚，又加上当天确实太累了，第二天早晨大约 8 点多钟才醒来。起床后的第一件事——上厕所，就遇到了麻烦，一层楼跑来跑去找不着厕所又不好意思问别人。原来，李焕德他们住的是中医学院附一医院住院楼的顶层，根本就没有卫生间，也没有水池，上厕所要到三楼的卫生间去。这原本是一栋病房住院楼,当时只有一楼的半层和二楼住了病人。三楼的一半空着,另一半则是医护人员的住房。宽大的走廊两边,每个房间住一户,而且每家的门口都用红砖砌起一个圈,有煤球、火炉,及一张用来支撑灶具的三屉桌,后来人们习惯将这种楼称之为筒子楼。一到下班做饭时,满走廊都是油烟及呛人的辣味,再就是锅碗瓢盆的交响乐声,好不热闹。这样的场景,当时在各单位都极其普遍。直到上世纪 90 年代初,国家提出改善职工生活待遇改造筒子楼工程,才逐步得到改变,如果你现在去北京师大校园仍然能够看得到这种改造过的筒子楼。

食堂设在住院大楼对面的一片平房里。平房前面,是一排临时搭建的雨阳棚。李焕德他们 10 人 1 桌,吃的是集体餐,桌上只有一盆稀饭,每人两个馒头及一小碟咸菜。因为头一天吃得很少又加上累得很,睡了一晚,起床后实在有点饿了,早饭根本不够吃。但是,第一天报到,人生地不熟,只得忍着。

早饭后,大约九点多钟,李焕德他们开始报到注册。在注册填表时李焕德他们才发现,原来装在湖南中医学院信封中的录取通知书根本就不是大学录取通知书,而是由湖南中医学院附属第一医院举办的半工半读培训班,学习时间为一年,而且是学护理专业。那时,李焕德心里真是凉透了。他记得当时招生的谢老师明明白白地对自己说"是到湖南中医学院"学医的呀。一个男儿怎么一眨眼学起护士了呢? 没有办法跟山村的老师、同学和乡亲父老交待啊! 当时真恨不得将那份录取通知书扯得稀烂丢进垃圾箱,马上返回才解气。但冷静一想,既然来了,后悔又有什么用呢? 好歹也能跳出农门,做个城里人,况且还有那么多的同学都能接受呢。这样想想,心里也就坦然了许多。

就这样,李焕德开始了在中医学院附属第一医院的学习生活。在李焕德办完报到手续后的当天下午,那两位骄傲的城里妹子到风景秀丽的桂林火车站转了一圈,多花了一天时间后才到达。见面后说起她们上错了车,并打电话到前方火车站让她们返回的事情时，她们才说了声"难为你们了"，新宁话就是"感谢了"，并告诉了她们的姓名。李焕德记得一点都不错，个子高一点的确实叫许竹英，矮个的叫唐晓新，分别是50年和51年出生，也算是李焕德的大姐姐了。就这样，他们成为同班同学。如果不是真挚的同学情，我想李焕德是不可能将过去的日子记得如此清晰的。

说来也奇怪，经过一年学习，李焕德他们毕业后都留在了中医附一院工作。那位骄傲的唐晓新同学竟然喜欢上了蒋六林，但蒋六林始终未接受她的爱。也许是男子汉的自尊心在初识时曾经遭到过严重挫伤的原因吧，后来唐晓新同学还来李焕德工作的附二院看过李焕德几次，后来李焕德才知道，她想通过自己做蒋六林的工作。

由于是"文革"中第一批招生，所以李焕德他们也就成为首届工农兵学员，更准确地说应该说是首届工农兵中专生。在这些学员中，真正是工、农、兵齐全。有当时下放农村的知识青年、有转业退伍军人、乡村赤脚医生、还有民办教师，也有几名是省、市卫生系统及中医学院的干部子女，年龄上相差也很大，像李焕德与蒋六林这样从应届毕业生来的很少，因此李焕德也就成了当时班里年龄最小的学生之一，还有一位马代章同学与李焕德同年。

入校没几天，李焕德又认识了提早一天来的几位新宁老乡——马昌发、李昌满、申群良和陈显雄同学。记忆最深刻的是李昌满同学，他个子不高，一副白面书生相，给人一种看起来很有修养又有学问的样子。特别是冬天，他总是喜欢穿中山装，扣子扣得整整齐齐的，脖子上总是围着一条据说是他乡下的女朋友亲手织的长长的毛线围巾，俨然电影青春之歌中五四时期的知识青年。他是1966年前的老三届，1948年出生，比李焕德大5岁，李焕德他们都称他为老大哥。由于他年龄最大，又加上是"文革"前的老三届，来之前还当了几年民办老师,说起话来总是慢条斯理,之乎也者,文绉绉的,而且总喜欢以老大哥自居,对李焕德他们不满意时他总是喜欢以一个长兄的口气说话"你们几个鬼崽崽"。这是新宁老家的一种长辈对下一辈或者对小于自己的人的毫无恶意的口头语,"鬼崽崽"相当于小家伙的意思。于是李焕德他们几个人就给他取了个雅号"昌满老先生",在以后几十年的交往中,李焕德都是这样亲切地称呼他为"昌满老先生"。

因为"文革"正在进行中,学校的老体制已完全被打破。李焕德他们这个班只有40多名学生,完全按照部队的方式管理,医院派了一名南下政工干部徐民先老师当李焕德的年级指导员。他是南下干部,军人出身,还参加过抗美援朝战争。个头不高,穿着非常朴素,经常穿着一身退了色的旧军装,一顶破旧的军帽帽沿往下耷拉着,说话时有点口吃,但对工作非常敬业。尽管已退伍多年了,他一点也没有忘记在部队里吃苦耐劳的精神和革命军人的优良传统。李焕德他们20多个男生住在一间大房子里面,而他就在外面的走廊里放了一张高低床,铺上草席连蚊帐都不挂,大热的天气都跟李焕德他们同住、同劳动。因为李焕德他们叫半工半读班,所以除了非常有限的正常上课时间外,早晚及周末还得参加一些劳动。当时的中医学院附一医院只有一栋门诊楼和李焕德他们所住的一栋病房楼,院子里空地很多,指导员就在门诊与住院楼之间的院子里圈出了一大片土地,让李焕德他们开荒种菜。李焕德记得非常清楚的是,除了胡萝卜、包菜还有大白菜等,因为当时正值秋季,天气干燥炎热,菜地每天都要浇水浇肥。于是徐指导员每天早上6点钟准时叫早,他叫早时很有特点,先敲三次门、咚咚、咚咚、咚咚咚,然后才叫"小…小…小何,起…起…起床了,天…天…天都亮了。"

小何是李焕德他们的班长,一位复员军人,名叫何金安,永州人,当了几年兵,讲一口地道的永州土话,个子不高但长得匀称而坚实,一副憨厚老实的样子,并能够按照军人服从命令的老习惯严格地执行指导员徐老师的命令。徐老师几乎每天如此。开始一二周,因为大家都不熟,又是初来乍到,尽管都很反感,但都忍受了。可时间久了,就都不愿意了,于是有同学给徐指导员起了个外号叫"徐扒皮"。因为他每天那种有规律的叫早习惯,跟电影里的老地主周扒皮简直太像了,如出一辙。

李焕德他们除了开荒种菜以外,当时另一件经常性的劳动就是挖防空洞。大家知道,1969 年 3 月,苏联军队几次对黑龙江省乌苏里江主航道中心线中国一侧的珍宝岛实施武装入侵,并向中国岸上纵深地区炮击,中国边防部队被迫进行自卫反击。在这次事件中,苏联政府称珍宝岛属于苏联,反诬中国边防军入侵苏联,并且公布了苏联政府对中国政府的"抗议照会"。中国外交部发言人指出:珍宝岛无可争议就是中国的领土,而且长期以来一直是在中国的管辖之下,有中国边防部队进行巡逻。后来就被称之为"珍宝岛事件"。我国与苏联修正主义的斗争越来越严峻,全国上下似乎都在防备哪一天苏联军队就会跨过乌苏里江大举入侵。伟大领袖毛主席向全国人民发出号召"备战、备荒、为人民"和"深挖洞、广积粮、不称霸"的伟大指示,全国掀起了挖防空洞的热潮。中医附一院的男女老少每天三班倒,几乎都参与了"深挖洞"的运动。尽管当时生活很艰苦,晚上加班挖防空洞没有任何加班费也没有补休假,但每个人都非常积极地参与,毫无怨言。

踏入医学之门的第一堂课虽已过去了 40 多年,但至今令李焕德难以忘怀的那就是人体解剖课。因为是第一次进入医学课堂,李焕德他们都很兴奋和好奇。记得进入教室后,李焕德坐在了第一排,因为来得较早,老师还没有到来,同学也只来了几个人,李焕德看到前面的桌子上用白色塑料布包着一堆东西,出于好奇李焕德用手将塑料布揭开了一角,这一揭差一点吓得半死,原来塑料布盖着的是一具供教师今天上课用的完整的尸体。也不知道他老人家在解剖室里躺了多少年了。由于福尔马林的浸泡和固定，皮肤及形状基本完好，但已成棕黑色，其中已切开皮肤的一边露出的肌肉则呈现深紫色。李焕德立即盖好塑料布，拿起书包坐到了最后一排，也不说话，只觉得心脏跳得厉害，眼泪情不自禁地直往外流。李焕德不明白，尽管有点害怕，也不至于吓哭了呀。像什么男子汉？到后来李焕德才知道，这是浸泡尸体用的防腐药水福尔马林的刺激作用。

同时进来的几位女同学并不知情，他们见李焕德离开了第一排的座位，立即就补了上去，接下来就只听到一声声尖叫，拼命地往教室外面跑，原来她们与李焕德一样也是出于好奇而犯了同样的错误。第一次解剖课下来以后要问最大的收获是什么，所有的同学都会说吃饭时不敢吃肉，晚上睡觉时做恶梦，这可能是所有医学生的共同感受吧。除了解剖课以外，印象最深刻的就数无机化学课了。当时上课的是一位姓奉的男老师，年纪50岁左右，个子不高，头顶有点秃，带着深度的近视眼镜。也可能是因为"文革"学校停课，几年未上讲台了，他显得非常兴奋，也非常认真。第一节课，他给李焕德他们讲化学元素周期表，讲得非常生动。为了让学生们能够熟背化学元素表的排列顺序，他采用了一些非常有用的记忆方法，他将化学元素表的行和列编成很容易记的顺口溜，如氢、锂、钠、钾、铷、铯、钫，"请你老人家坐沙发"等，使李焕德他们在很短的时间内就熟背了化学元素表，而且40多年过去了，至今不忘。

李焕德说，当时课时数很少，也没有考试的压力。这些最基础的知识，对于李焕德以后学习兴趣的养成是非常巨大的。特别是1977年进入南京药学院以后，李焕德的化学课程的学习成绩总是比较好的。

中医附一院一年的学习中尽管很艰苦，也很短暂，但对于李焕德人生的影响却是巨大的。因为这是一个历史变革的时代。李焕德记忆最清楚的是1970

年9月13日晚上，学校突然通知全体教职员工及学生到学校大礼堂开紧急会议，说是传达重要的中央文件。会上，学校领导非常严肃地宣布了保密纪律后传达文件——林彪反党集团出逃，飞机在蒙古的温都尔汗坠毁。接下来就是一次接着一次的政治课批判林彪反党集团的罪行。从那次会议以后，李焕德就明显地感觉到此前很多过左的行为和形式在自然的减少和改变，如每天早上上课前，必须先学习一段毛主席语录的制度没有了，到处唱语录歌跳忠字舞的场面没有了，每个人随时随地带在身上的红宝书也越来越难以见到了，政治压倒一切的口号也很少有人再讲了，特别是深挖洞的工作减少了，医疗、教学的秩序也好了很多。

在这样一种形势下，李焕德他们这些既幸运又苦命的年轻人也终于得到了一段比较宁静的学习环境，能够得以完成最简单、最简短的学习课程。李焕德他们的徐指导员那种习惯性早晨叫起床的次数也逐渐减少了，再到后来晚上挖防空洞的革命工作也完全停止了。

对于李焕德这样一个渴望读书、渴望学习的人来说这真是太及时了。有些同学开始了早起后的晨读，背汤头歌诀的、背人体经络图的、背药性论的等等，校园里又恢复了读书的气氛，有了读书声。很快第一学期就完成了，面临着寒假，李焕德他们中的大多数人都是第一次离开家乡和亲人，都想回家过年。但由于当时家境确实困难，家中没有钱寄给大家买回家的车票，所以李焕德与蒋六林等决定不回家了，就在长沙过年。同时也可利用时间复习功课，记得年三十晚上李焕德与蒋六林、马昌发、陈显雄、李昌满等人聚在一起，买了点甜酒和肉，在三楼的一位老师家借了一个火炉，在指导员徐民先放床铺的走廊处准备做年夜饭。由于此前李焕德他们种了很多菜，如包菜、红萝卜、大白菜等，趁着指导员回家过年了，李焕德他们冒着当小偷的风险摘回了许多菜当作了自己的年货。菜是有了，没有油也没有锅呀，于是有人提出就地取材。李焕德他们每人都有一个洗脸盆，就用来做锅用吧！经过几个人的共同努力，大家做出了一盘红萝卜烧肉、一盘水煮包菜、一盘炒白菜，几个人围坐在一起，每人用自己的漱口杯盛了一杯甜酒水，举杯庆祝大家一同在长沙的第一个春节。按李焕德老家的习惯，年三十儿全家人团聚时都要喝甜酒水寄希望于来年生活甜甜蜜蜜。李焕德动情地说，虽然40多年过去了，他们中的很多人都已当了爷爷奶奶。但坐在一起回忆当年在长沙度过的第一个春节时，总是有许多美好的画面和感慨。尽管当时很艰苦，也很思念家乡和亲人，但毕竟留下了一段最最美好的青春的记忆和纯真的友谊。一切仿佛就在昨天。

春节过后的第二学期开始，李焕德班里的40多人就要进入实习阶段了。尽管开学时说李焕德他们都是学护理专业，但在进入实习时还是分成了4个专业，护理、药剂、检验和放射，护理专业占了一大半。除了所有女生外，尚有几名男生要分到护理专业去。对于男孩子来说这是最难为情的事。但在当时服从分配是第一位的，任何人不得讲价钱，更谈不上找关系了。根本就没有这些概念，一切听天由命。

在正式分配专业的那一天，李焕德内心真是害怕极了。因为在班上自己年龄最小，学习成绩也不拔尖，又不是共青团员，更不是班干部，而且在平时种菜和劳动过程中的表现也一般，也可以说很消极，有时还偷偷懒，李焕德自己认为被分到护理专业的可能性很大。说来也真是幸运，在徐指导员宣布的名单时，李焕德并不在护理专业中。这时，李焕德心里的一块石头总算落了地，因为只要不是护理专业，药剂、放射、检验李焕德都能够接受，最后李焕德被分在了药剂专业。蒋六林和班长何金安分在了大家都非常向往的放射学专业，也就是放射技术员的工作。其实放射专业因为有放射线对人体的损害，很多人都不愿意做,但李焕德他们这些农村来的人当时根本就不知道这些,都认为是最好的专业。而李焕德最要好的朋友,个子 1 米 78,长得很帅的马昌发及邓天然、徐英、唐知生等几位男同学则分在了护理专业。到后来李焕德他们才知道,学护理专业的几名同学都是经过挑选的。几名男生后来经过多种培训都改行当了临床医师,李焕德的挚友马昌发后来学习了几年针灸,再后来又改学了口腔科,成为中医学院第附属医院一名颇有名气的牙科大夫了。

就这样,李焕德开始了新学期的专业学习,也开始了以后成为自己一生所钟爱的药学事业的起点。

到现在,李焕德也不清楚,为什么命运总是那么偏爱他。他刚刚在中医附一中药房工作了一年多一点,1972 年 3 月,他竟然就被省人事厅选中,一纸调令,将他调到了湖南医学院附属二医院(现在的湘雅二医院)。

在湖南医学院二楼,李焕德找到了人事处。人事处将省人事厅的介绍信收好,然后又对湖南医学院附二医院人事科开了一张湖南医学院人事处的介绍信。经过一天的奔波,大约是下午 5 点多钟,李焕德拿到了去湖南附二医院报到的通知,用今天调动一个工作单位这样的难度来看,真的是不可想象的。在离开医学院返回中医附一院的路上,李焕德才感觉到这次的调动确实有点不同寻常,一个刚毕业的小药剂士的调动为何要到省委人事厅办理手续,且一切都是如此的顺利快捷,一路绿灯。

办好一切手续后的第三天,李焕德就打点好行李准备去湖南医学院附二医院报到了。说是行李,其实很简单,就是一床被子,一个从家里带来的小木箱,加上当时很流行的一个网袋装着一只洗脸用的盆子及几本书,这就是李焕德第一次调动工作时的全部财产。一起上班的黄明春同学主动的承担了送李焕德的任务。他在制剂室借了一辆送药用的后三轮脚踏车,装上行李,李焕德坐上车后由他亲自踏车,沿韶山路往北从文艺路,到现在的解放中路再到达湖医附二院。就这样,李焕德离开了学习、生活、工作了一年半时间的湖南中医学院附一院,离开了李焕德的同学和老师们,开始了在湘雅的全新的生活与学习,一切都来得那么快,那么突然,那么不可思议,李焕德想这就是命运吧。到附二工作了一段时间后,一次人事科陈吉云科长来中药房配中药时告诉李焕德说,他们当时先到中医附一院中药房的窗口看了人,然后再到人事科调看了档案,就这么定下来了。

李焕德是这次调入人员的第一个报到者。外宾病房的领导及其他方面的人员都还没有到位,湖南医学院附二医院人事科就安排李焕德暂时先到药剂科工作。当时的药剂科与门诊的各部门属于一个党支部,人事科将李焕德先送到党支部报到,支部书记是一个30多岁,非常和蔼可亲的女同志,叫易翠英。她很热情,给李焕德简单地介绍了门诊支部由哪些科室组成,每个科室的大概工作情况后,就亲自带李焕德到药剂科办公室报到。

药剂科的唐玉梅主任对李焕德表示了热烈的欢迎。她当时非常高兴的对易书记说了一句“又是一个英俊的男孩子”。这句话至今都让李焕德感到很自豪,因为在李焕德的记忆中,她是第一个说李焕德长得英俊的人,也是唯一的一个。

易书记走了以后,唐玉梅主任给李焕德讲了很多有关药剂科工作的人和事,当然也少不了进行阶级立场的教育,并对李焕德寄予了很高的希望,然后就将李焕德送到了中药房。因为李焕德是从中医附一院中药专业调来的,当然也就只能先在中药房工作了。李焕德回忆道:当时的中药房很小,位于现在完全拆除了的内科楼南北两座楼相联的一楼走廊内,只有一间调剂用的房子和一间库房,条件非常差,工作人员也只有3个人,一名中药师、一名药工和一名杂工,负责上药、搞卫生和煎中药,并将煎好的中药汤送到病人的床旁。

中药房负责人是一位30出头的女老师,讲一口纯正的常德话,她自我介绍她姓官名秋英,常德人,革命烈士的后代,也是湖南中医学院中药专业大专班毕业分配来附二医院工作的,听说李焕德是从中医附一院调过来的,她说她自然有一种亲切感,于是她详细地给李焕德介绍了中药房的工作和任务,及其各种注意事项。介绍完后又热情地带李焕德到总务部门找房管科长安排住房。房管科长姓刘是一位南下军转干部,北方人,满脸的大胡子,平时大家都叫他刘大胡子。当时虽然住房也很紧张,但安排一个人住进集体宿舍还是非常简单的事情。

湖南医学院附二医院建院于1958年,72年时才开放,规模并不大。那时,只有大院内有4栋二层的教授楼,一栋三层的干部楼和南元宫(当时叫立新村)内的4栋讲师楼,再就是大院内的2栋集体宿舍楼,位于西边的一栋医生楼("文革"中医生楼改名反帝楼),现在医生楼的原址上已建起了8层的教授楼,一些老职工们将其称为白宫,也有些更激进的年轻人将其称为腐败楼,因为住进该楼的除了部分教授外,大多数为当时的医院领导们。东边的是一栋护士楼("文革"中改名防修楼),护士楼至今仍保留着。经官老师的努力,李焕德被安排在医生楼一楼北边的一间房子里。当时该房间已住了3个人,他们是邹轩磨,一名中南财经大学的高才生,在医院图书馆工作,另外2人是胡永芳和李伍秋,也是与李焕德同届由附二院培训一年留院工作的,由于李焕德的加入,使得本来只有十八平方米的房间更加拥挤,李焕德是后来加入者,当然只有靠门边的一个位置可以摆床,而桌子则只能放在房间的中央,就这样李焕德总算安定下来了。

一直到1977年2月去南京药学院上学时为止,李焕德在这间房间里整整生活了5年。这5年是李焕德人生中最最宝贵的金色年华,18岁–23岁。如果不是"文革",这应该是李焕德5年大学该毕业的年份。在这5年中,李焕德他们经历了轰轰烈烈"文革"的全过程,亲历了 1972 年大学招生考试时,张铁生交白卷最后导致了反击右倾翻案风运动,1975 年元旦毛主席诗词《重上井岗山》发表后的批林批孔反击右倾翻案风运动。

1976 年,中国历史上最悲痛的一年,也是最黑色的一年! 河南驻马店水库决口发生特大水灾,唐山 8.1 级特大地震,周恩来总理、朱德总司令、伟大领袖毛主席三位伟人相继逝世。当时民间流传着一个故事,说周恩来总理逝世,一到阴曹地府就与蒋介石打起来了——由于周总理不是武将,打不过蒋介石,所以很快就请朱德总司令去帮忙。因此,朱总司令还未来得及向病重中的毛主席请示报告就于 6 月份就匆匆离去,给老战友周恩来总理帮忙去了。总司令一到阴间就和蒋介石打得天翻地覆,导致中原大地河南驻马店水库决堤引发大洪水,死伤惨重,据说死伤了十几万人,当时与李焕德宿舍隔壁的郑士荣还随医院派出的医疗队前往河南参加了抗洪抢险。再后来就是震惊世界的 8.1 级唐山大地震,导致整座唐山城夷为平地,死伤达 30 多万人。经过几场战斗,总司令发现没有毛主席的领导不行,于是一再请求毛主席帮忙,故毛主席于 9 月 9 日也离开了人世,离开了他的子民,去帮助他的二位战友打老蒋去了,而把人世间的大事交给了华国锋。尽管这些都是人们茶余饭后的故事,但确实编得"很有才"。

在华主席的领导下,一举打倒了王洪文、张春桥、江青姚文元四人帮反革命集团,自此彻底结束了中国十年动乱的局面,宣告了"文革"完全结束。这些重大的政治变革至今仍历历在目,应该说是李焕德他们这一代人所经历的,比 5 年大学生活要丰富得多的人生阅历。

5 年中,尽管由于"文革"的影响,知识分子成了臭老九,读书无用论,白卷先生光荣,政治统帅一切等阴云密布天空,很多同龄人将青春年华都花在了政治争斗,以及打牌、下棋等无所事事的活动中。但在李焕德的心中,始终坚定不移地认为，人必须有知识，知识的来源就是读书。当时的环境下，再进学校读书是不可能的了，唯一的办法就是自己学习。于是李焕德为自己制定了几种学习内容和方法。一是自学绘画，在当时只有 30.5 元/月工资的情况下，李焕德买回了一些自学绘画的书籍、笔墨和工具，开始学习素描画的基本功。不管天气热和冷，那时没有电风扇，更没有空调，每天下班后吃完晚餐和李伍秋、万抗美、郭伟等排球爱好者到球场打一个多小时排球，打完球后李焕德就呆在房间里画画，后来李焕德根据自己的照片为自己画的素描象，挂在宿舍的墙上还真有点像，只可惜未能保留下来。

李焕德记得当时经常和他们这些年轻人一起打排球的还有一位年近 50 岁左右的老周，周特新。他排球打得很好，既是李焕德他们的球友，也是李焕德他们的教练，除了带李焕德他们一起练球打球外，他还经常组织院内各支部和科室的排球比赛，比赛时他总是李焕德他们的场外指导兼教练，多数时间是裁判。此外，以李焕德他们支部队为基础的附二医院排球队还参加过长沙市的排球联赛及市内高校的排球比赛。在这些活动和接触中，李焕德了解到，1957 年周特新曾被打成右派，从省委宣传部王向天部长秘书的岗位下放到附二医院住院部接受劳动改造，负责运送尸体及管理太平间的工作，但他性格开朗乐观，李焕德他们从未看到他有受委屈的感觉。四人帮倒台后，他被调回省委宣传部任副部长，后来又调任省教育厅厅长，虽然是高官了但仍然与李焕德他们以老朋友相称。

另一个学习的最重要的办法，就是利用当时政治运动多，写大字报、写标语的机会，练习写大字、写美术字和设计刊头图案。因为这些属于当时的政治任务，既可利用上班的时间，又可以自由地向总务科领取笔墨纸张和各种颜料用品，对李焕德是一举两得的事。当时医院团委及团支部经常出的各种宣传墙报和黑板报,几乎都少不了李焕德的杰作。在当时的领导和同事们看来,李焕德是在积极地投身于伟大的"文革"运动。也正是那几年,李焕德练就了用油画笔和广告颜料书写各种美术字体大标语的能力,同时也学会了书写隶书字体的基本功。当时还没有电脑,打字机及复印机等设备,李焕德他们在编写一些宣传资料和文件时还用到了一种传统的印刷技术,钢板、钢笔、蜡纸和油印机。首先将蜡纸平铺在一种特制的钢板上,用配套的钢笔在蜡纸上一笔一画的刻字,这种刻字的本领可不是一般人能做好的,它首先需要有写正楷字的基本功,再就是在蜡纸上刻字一笔一画不能有任何错误,因为它不能修改,有时当你一整张纸写完了98%的内容,最后一行写错了一个字,整页又得重来一遍。再就是每一笔的轻重必须绝对均匀,太重了会将蜡纸刻破,太轻了则印不出来,这时印刷品就会有浅有深,非常难看。因此可以说它是一种磨炼技术和意志的工作。李焕德记得当时药剂科冯清泉老师是刻钢板字的高手,很多宣传品和业务学习方面的资料包括当时的一些成果申报材料及科室的规章制度手册等,都是他刻写的,还有一位替补就是与李焕德他们同龄的万抗美同学,李焕德在当时也花大力气学习过,至今仍保持了写字一笔一画、很硬的习惯,但说实话并未真正学到家。直到90年代李焕德他们自制制剂的玻璃瓶及包装盒上的批号和说明书还用过这种方法。

在这些学习过程中,有三位老人对李焕德的影响很大。一位是党委宣传办的干事老彭,名字李焕德已记不起来了,只记得他是一名退伍军人,好像是攸县人,长得很帅,1.8米多的个头,写得一手好字,也很善于刊头设计和写艺术字。李焕德很敬佩他,经常向他请教。他看李焕德爱学习,也就常给以指点,他后来还将一本收集和整理多年的各种艺术字体及刊头设计的剪集册送给了李焕德。遗憾的是,在李焕德去南京前将这本册子留在了医院,回来后再也找不到了，老彭也在李焕德读书的几年中调离了湖南医学院附二医院，以后再也未见到过他。

引导李焕德练习写毛笔字的另一位老师，是当时门诊办公室的老人康庚华先生。他是一位南下的老革命，"文革"中被打成了反革命，坐了很多年牢，出狱后在门诊办公室做一个普通的办事员。他看李焕德爱写字，经常给李焕德以指点。有一次他约李焕德去他家做客，李焕德才发现他是那样的酷爱书法，家中到处堆满了他写的毛笔字，令李焕德佩服得不得了。李焕德提出向他学习，他说不行。因为当时他是被改造的对象，还是"坏人"，怕影响李焕德的前程。离开他家时，他送了李焕德一本隶书字帖，希望李焕德认真的练习。直到今天，由于工作繁忙，虽然李焕德已很少写毛笔字了，但对于隶书这种特殊的字体仍非常喜爱，可以说是情有独钟。几十年来，李焕德给学生讲课写板书，学术报告用的所有 PPT 课件，都选用隶书字体的原因，一是出于对该字体端庄、秀丽、清晰的喜爱，更有一层深刻的含意，那就是对当年指引过李焕德的康老师的一种独特的怀念。

"文革"结束以后，康老平反了，恢复了处级干部的待遇，并当上了党委办公室主任，但由于年龄关系很快就离休了。

90 年代初期，李焕德当上药剂科主任后的第一件事，就是请康老为药剂科题写了牌匾。遗憾的是，1996 年药学楼扩建维修时将该牌匾遗失了。康老也早已不在人世了，但他在李焕德心中永远是一位和蔼可亲的良师益友和忘年交。

李焕德说，另一位值得李焕德记念的，也是门诊办公室的一位办事员，叫唐海纳。唐大姐是门诊范围内的各种宣传板报的责任人，经常邀李焕德一起写墙报，这对李焕德在写字方面的提高帮助很大。在李焕德去南药上学时，她送了一本精致的笔记本给李焕德，并在扉页上留言鼓励李焕德"好好学习，莫忘继续练习书法"。

除此之外，5 年中，李焕德受益最大的就是读书。5 年里，李焕德总是记得初中时一位语文老师讲的话"读书破万卷，下笔如有神"。由于"文革"的影响，当时新华书店几乎没有文学著作可买，医院图书馆除了很少的一些专业书刊及马列著作和毛泽东选集以外，几乎没有其他可读的书本。想读书怎么办呢？李焕德想办法找到了当时附二院党委办公室的一位宣传干事余永昌老师。据说他妹夫是省文化厅的一位领导。通过他的关系，弄到了一本湖南省图书馆的借书证。当时省图书馆位于中山路湘江宾馆的后面，现在的湖南省少年儿童图书馆处，从附二院走路过去约需半小时。李焕德几乎每周星期日去一次，那时还没有双休日。因为图书馆制度很严格，每人每证一次只能借两本书，借期为一个月，到时必须要归还，但可以续借。李焕德基本上每周看完一本书，很少有超时的。最初，看的都是一些当时著名的革命小说，如保尔柯察金的《钢铁是怎样炼成的》、周立波的很多小说如《暴风骤雨》《山乡巨变》，还有赵树里的《三里湾》，短篇小说《锻炼锻炼》《套不住的手》《赵树理文集》及革命战争题材的《上甘岭》《浮沱河上》《雷锋的故事》《欧阳海》等。但随着阅读能力的增强，知识的增多，视野的扩大，总想看一些文学性更强的书。于是，李焕德开始看《红楼梦》《水浒传》《西游记》《三国演义》及《三国志》，还有李白与杜甫的诗集等名著。这些著作在当时仍属毒草禁书，一般图书馆是借不到的，但省图书馆凭借书证可以有条件的借阅。再到后来，阅读的兴趣越来越广，除了省图以外，还通过其他途径借阅了很多书，如《第三帝国的兴亡》；甚至还通过各种办法借到了当时属严禁阅读的禁书《金瓶梅》《第二次握手》的手抄本。再到后来，李焕德了解到科室谢银娥老师的先生是武汉大学的中文教师，于是就到她家里去借书。记得当时的《茅盾文集》，《鲁迅文集》，《沈从文文集》等一些著作都是在她家里借来读的。再到后来，还通过当时在湖南师范学院读书的老乡从师院的图书馆去借书。书借回来以后，李焕德爱不释手，总是如饥似渴地去研读学习。

当时住的房子是医生楼一楼过道边，很吵。李焕德在床边放了一张从家乡运来的竹椅子，在墙上挂了一个带罩子的床头灯，每天下班后吃完晚饭大多时间去打排球。李焕德是当时湖医附二医院排球队的主力球员，曾代表附二医院球队参加过长沙市的排球比赛，除了搞运动外，李焕德就躺在椅子上读这些"来之不易"的书，一直读到深夜十二点左右。也正是在这短短 5 年中，由于总是躺着在灯光下读书，也不知道要保护眼睛，李焕德的视力从 1.5 下降到了 0.4，从此与眼镜结下了不解之缘。

李焕德永远不会忘记那个秋冬。一天，晚上九点钟左右，唐玉梅主任进到了李焕德的房间，她看见李焕德在竹椅上认真的读书，先是很高兴的表扬。但当发现李焕德看的是红楼梦时，她脸色立即阴沉了下来，严厉地批评道："为什么读这些乱七八糟的禁书？有时间为何不学习马列主义毛主席著作！"李焕德当然只有做检讨啦，幸好她还是给李焕德留了面子，没有将这件事放在团支部会议上或其他公开场合批评和上纲上线，否则后果将会非常严重。

为了挽救李焕德免受继续毒害，后来她想出了一个绝妙的好办法，那就是组织李焕德他们团支部的共青团员学习马列原著，如《共产党宣言》等，至今印象最深的是"一个幽灵、共产主义的幽灵在欧洲徘徊"这句话。她规定李焕德他们每天必须学习一小时，甚至连中午休息时间都不放过，还规定要写读书笔记和心得，她要定期检查。这样坚持了大约半年。当时很多人都不知道这都是李焕德惹的"祸"。尽管李焕德当时心里很不乐意，也非常抵触，现在回过头看还是有收获的，特别是后来在大学的政治课学习中帮助很大。

李焕德一再和我说："写我过去的人生，无论如何不能少了唐大爷这位同事和老师,是他让我燃烧起继续深造的火焰。"

李焕德在中药房工作时,有一位年逾古稀的老药工唐大爷,尽管他已退休多年,但他经常到药房来,关心中药房的工作。闲谈之间,他对李焕德讲得最多的就是许树梧、陈孝治二位大药师。因为在他的心目中,南京药学院有着至高无上的地位,笃信南京药学院毕业的都是大药师。与他的交谈中,李焕德知道了南京药学院,也神往药学院,在千方百计的与当时在药剂科工作的许树梧、陈孝治老师的交流中,李焕德探寻着南京药学院,并让梦想一次次徜徉在药学院的广阔海洋中。

李焕德还清楚地记得,李焕德曾经做过一次梦,梦见南京药学院建在一座孤岛上,岛上长满各种中药材,有红的,白的,绿的……李焕德穿行在五彩缤纷的植物中,迷路了。不知不觉中,李焕德从岛上走到海里去了,怎么游也游不上岛。后来,李焕德发现岛上也长满了许多中药材,还有会变色的长寿草。李焕德筋疲力尽地采撷着长寿草,大声地呼喊:"许老师,许老师! 李焕德找到长寿草了,找到长寿草啦!"当李焕德梦醒了上班后将自己的梦告诉许树梧老师时,他笑道:"看来,你想南药想疯了。世间没有长寿草,南药也不在海上。"

由于"文革"尚未结束,当时许、陈两位大药师还是臭老九和改造的对象,业务上并未得到重用。陈孝治老师在制剂室配制输液。当时,输液制剂室就在中药房的隔壁,条件十分简陋艰苦,陈老师每天穿着长筒胶鞋,身上围着橡胶围裙,像一个大师傅。那时制剂室的条件和管理现在讲出来你会认为是笑话,比如输液制剂的洗瓶室, 即是回收旧瓶的处理室又是配制和洗條重铬酸钾清洁液与碱液的洗涤室,到了下班后还是浴室,那时大家都住集体宿舍,更谈不上每家都有热水器了,医院只有一处公共浴室,但只有规定的时间段才开放,因此大家都要排队去洗澡。而洗瓶室为了工作需要装了热水贮水灌,在水灌下面装了一个淋浴笼头，美其名曰是工作需要，其实就成为下班后大家的浴室，现在想来都恶心。

许树梧老师的状况似乎要好一些，他能呆在实验室做些研究工作。记得他当时研究的中草药注射剂有菌技黄、积实和抗炎兰注射液，再就是 920 等。李焕德觉得他们很伟大，也立志要像他们那样上南京药学院，和他俩一样做个大药师。

与李焕德同样由附二医院培养的半工半读班的一大批同学，也是 71 年毕业留在药剂科工作，但他们都在西药房和制剂室上班。在医院工作的人都知道，医院领导大多是重医轻药的。而在西医医院的药房内，中药又是最受轻视的，唯有李焕德一人在中药房工作，总觉得低人一等。因此，下班后，李焕德总是千方百计到西药房去了解和学习西药知识，也看些药物学和药物手册。当时，药剂科为了培养年轻人尽快成长，还开设了业余的学习班，李焕德都积极参加。还记得由贺建泽老师主讲的《有机化学》课程，李焕德学习得非常认真，期末考试时考了 100 分，全班第一名，当时兴奋的心情仿佛就在昨天。

当李焕德掌握了一些西药知识后，就多次向唐玉梅主任要求到西药房轮岗工作学习，但被她一一否决了。李焕德那时怎么也想不通为什么我就不能轮岗？但在那种年代，对于革命工作的分配是不能挑三拣四的，强调服从组织分配。但对于这件事，直到李焕德 1977 年上南京药学院时还一直倍感困惑。

现在回想起来，在附二医院中药房工作的 5 年，对李焕德以后在药学科研和教学工作中有非常多的启示。李焕德当时患有慢性咽炎和鼻窦炎，加上每天上班时经常要调配中草药，灰尘很多，严重影响慢性咽炎和鼻窦炎的治疗，经常要去耳鼻喉科进行鼻窦穿刺治疗，每次穿刺冲洗后要在鼻窦内注入一支氯霉素注射液，氯霉素是一种极苦的药物，当它从鼻窦进入口腔时真是苦不堪言,鼻窦穿刺的治疗方法本就很痛苦,再加上氯霉素的特殊奇苦,没有经历过的人是很难以想象的。

有一天,唐大爷来了,他看李焕德患有咽炎就告诉了李焕德一个方子:"虎杖和乌梅两味药煎水喝,每天一副"。李焕德照该方服用了一个多月,果真慢性咽炎好了,接着而来鼻窦炎也就好了。从此,李焕德对中药的神奇疗效有了更深刻的认识和兴趣,平时也特别留意老中医的一些经典的用药处方,并加以收集。比如"麻龙三白汤"治疗发作期的支气管哮喘,"玉屏风散剂"防治支气管哮喘发作等。

李焕德后来进入南京药学院学习的几年中,尽管学习的是西药专业,但在李焕德心目中总是萦绕着许多中医药的情结。当李焕德药学院毕业又回到附二医院药剂科工作时,仍然在想"怎样将当年的虎杖与乌梅制成一种制剂"造福于广大咽炎患者。但刚毕业的几年必须轮岗,直到1988年进入分析室以后,才得以能够进行研究,课题开始由李焕德提出设想,许树梧老师为课题组长带了湖南中医学院药学系两名毕业实习生曾令贵与袁科名,他们现在早已是药监局的处长了,由当时搞制剂生产的湛建国具体负责试制制剂,由李焕德负责制订质量标准,经过近半年的研制初步成型,后经过多次改进终于成功研究成至今很受临床和病人欢迎的"虎梅冲剂"。该制剂的新药证书后来转让给了浙江亚东制药有限公司,经商业包装后申请商品名为"回音必含片",它不仅给浙江亚东创造了丰厚的商业价值,也为成千上万的咽炎患者送去了福音,这是李焕德作为一个药学工作者将"科学技术转化为生产力"倍感骄傲的事。现在,"回音必"成为浙江亚东公司产品的注册商标,旗下的所有药品都注册为"回音必牌"。遗憾的是,当时李焕德他们对知识产权的保护意识非常淡薄,更谈不上后来的经济利益分配了。因此,尽管企业产生了巨大的经济效益,但作为研发人员而言却获益甚少,这也使李焕德一直觉得对不起课题组成员,好在当时谈转让时保留了医院自己生产的权利,至今该制剂仍然是制剂室的主打产品,每年为医院创造将近 300 万元的利益,更重要的是解除了无数病人的痛苦。近期,李焕德他们又将其改成了便于携带和服用的口含片,并配备了精美的礼品包装盒,每当有外地的同道及北京卫生部来的领导来,李焕德他们都将其做为礼品赠送,同时也为该制剂的推广做了广告。

1976 年,是中国历史上多灾多难大事不断之年。这一年,对于李焕德个人的命运也是至关重要的转折之年。说来也真是历史的巧合——1970 年,作为大学首次恢复招生的工农兵学员,李焕德未能进入大学,而是阴差阳错的成了半工半读的工农兵中专生,1976 年随着四人帮的倒台,"文革"的结束,由单位推荐保送工农兵大学生的时代宣告结束,1977 年在邓小平的指示下恢复了大学高考制度。从此,中国的教育与科技领域首先走上了拨乱反正的轨道。

但作为历史遗留产物,1976 年已经推荐并录取的学生怎么办? 这一大批人也是受害者。于是国家采取了一些灵活的政策,允许各大学根据情况自主决定招生政策。当年在湖医附二院招生的三所大学,分别采取了不同的解决办法,天津南开大学采取了对已推荐人员进行现场再考试的方法,对已录取的对象进行了淘汰并重新录取,广州外国语学院则维持原判计划不变,保荐李焕德去的南京药学院,则先是准备放弃招生,后来又改为照常招生,但开学时间推迟半年。因此,李焕德上大学的时间为 1977 年 2 月。在李焕德的个人简历中,李焕德上大学的时间为 1977 年应该算是 77 级。——也正是这一特殊的历史原因,在李焕德 1998 年晋升正高级职称(主任药师)时,它成为一条"必须说明白的问题"。

1977 年 2 月,李焕德才得以踏上南京药科大学那片热土,实现真正的"大学梦"。但早在 1976 年 8 月,李焕德就被推荐并获准了上南京药学院。虽然时间一晃转眼过去了 40 多年,但当时的情景就像发生在昨天,历历在目,永远难忘。

李焕德记得当年南京药学院的指标落在对口的药剂科时,当时的门诊党支部书记和药剂科主任还组织了测评,在药剂科符合报考条件的人员中按 2:1 的比例推选了 2 人,结果李焕德与湛建国入围并获得医院人事部门批准。第二天,由人事科周满和科长带领,到指定医院——长沙市第三医院进行体检。体检时发生的一件事,至今使李焕德铭记在心,终生难忘。湛建国在第一关视力检查时发现有色盲就被淘汰了。李焕德在第一关视力体检时虽顺利通过,但到内科检查时,由于极度兴奋、紧张,又加上当时 8 月份天气太热的原因,心内科体检时心跳很快,血压偏高。见此情况,周科长当时也很着急——如果李焕德不能通过,意味着南京药学院的这一招生计划要重来。李焕德清楚地记得他当时跟体检的医生说,"大夫,可能是天气太热,李焕德他们又刚到,请允许他休息一会再测量吧,获得一个上学的机会也不容易呀。"负责体检的医生欣然同意了他的要求。周科长一边道谢一边将李焕德带到一个阴凉处坐下,跟李焕德说了几句安慰的话后,就跑开了。正在李焕德纳闷时,见他手握一支绿豆冰棒朝李焕德走来。他对李焕德说:"焕德,快吃下去!吃下去解解凉,没事的,吃吧。"李焕德非常感激地接过冰棒,没来得及说一声感谢就将冰棒塞进嘴里,仿佛心脏病发作病人找到了速效救心丸一样。吃完后休息了大约 30 分钟,李焕德感觉自己已完全平静了下来,再去到诊室检查。当得知"一切正常"时,李焕德的眼泪当时就涮的下来了,李焕德还清楚地记得周科长当时递给李焕德擦眼泪的手帕上是白色偏蓝的图案。

在当时,一支绿豆冰棒才 3 分钱,但从这样一件小事中,李焕德懂得了人与人之间的帮助和关怀是多么的重要和可贵!也深深地体会到了当时人事部门领导的那种工作作风和人文关怀。因为周科长对医生的一个请求,因为3分钱的一支绿豆冰棒,改写了李焕德此后的人生,也改变了李焕德一个家庭的命运。那天在体检归来的路上李焕德一直在想,如果真的实现了大学梦,李焕德一定要发奋努力的学习,学成后一定再回到附二医院,再用努力工作和优异的成绩,来回报周科长的热情相扶,回报附二医院对李焕德的培养之情,回报许树梧、陈孝治等老师们对李焕德的殷切期望。也正是因为那时种植心中的这种报恩之心,李焕德才一次又一次地选择了坚守——1998年,李焕德在晋升正高过程中遭遇误会与委屈时,筹建中的深圳中心医院向李焕德伸出了欢迎之手,作为学科带头人和科主任人选,对李焕德进行了严格的考核并同意引进,就在最后准备找医院商议调离时,此事被许老师知道了。许树悟老师找李焕德谈话说:"人生总是要经历一些磨难的,'文革'期间我和陈孝治也受到过那么多不公平的待遇,仍坚持没有离开,其实当时是有很多机会可以离开的,他说现在附二院药学学科需要你,还是不要走吧。"后来李焕德了解到当时南京药学院的刘国杰教授确实想要他调回南京工作,但他选择了坚守。李焕德独自吞下所有的委屈,最终还是选择了放弃深圳优厚的待遇留了下来。但时隔8年,可以说李焕德在事业的巅峰时期,又一次遇到了前所未有的挑战和挫折,一家国内的猎头公司极力推荐李焕德去筹建中的海南大学药学院做院长,李焕德坚定地拒绝了诱惑,又一次选择了坚守并奋勇前行。李焕德深知,不管是多大的船和多老的船长,在波涛汹涌的大海上远行,不可能不遭遇惊涛骇浪,不可能不经历电闪雷鸣。但不管遭遇什么,船长的信念永远是坚定的彼岸,而不是慌乱,更不是掉头。李焕德在药海的这几十年,见过美妙的景色,听过大海深处的鱼歌,体味过划桨的快乐,也惊叹于大海的宽广,惊喜于穿浪而行的美妙,惊恐于深海暗流的诡异……但李焕德始终坚守着体检时的那份信念,那份对自我心底的诺言,不离不弃地报效着培养李焕德远行的附二医院。

李焕德收到了南京药学院的入学通知书,是 1976 年 8 月上旬,但入学报到时间却是 1977 年 2 月 10 号。李焕德印象极为深刻的是,录取通知书中,还夹着一张印有绿色圆弧状的东西,极像是一张狗皮膏药,但至今李焕德也没有搞清楚它的含义和用途。

李焕德收到通知书到开学还有半年时间。在这段时间里,除了正常上班和生活外,李焕德借来了南京药学院的两本重要基础课教科书,一本是我国著名的无机化学家王夔教授主编的《无机化学》教材,另一本是著名的药物化学家彭司勋先生主编的《有机药物化学》教材。按李焕德当时的基础和水平,要完全读懂这些书是不可能的,但李焕德仍然坚持着往下读。当时有一种想法,就是读懂多少算多少,读了总比不读好。就这样,在半年时间内,李焕德坚持看完了这两本教材,尽管好多地方并未完全搞懂弄清,但它对李焕德后来的学习起了非常重要的作用,使李焕德知道了应该重点学习的知识点在哪里。事实上,在后来的《有机化学》《药物化学》的课程学习中,李焕德的成绩一直很好并名列前茅,应该说与他提前磨剑是分不开的。

在采访中,李焕德无比真诚地说:"从 1970 年到 1977 年 2 月,我一直是以一个学生的姿态在工作和学习。身边的同事,我不是将他看成同事,就是将他看成老师。那些岁月里大家的帮扶,清澈见底的人心,是一种信仰,更是一种如今无法替代的纯洁情谊。在几十年的药学岗位,在近 20 的药剂科领导岗位上,我之所以能始终如一地坚守自己的做人底线,始终如一地坚守自己的价值观,与家乡的淳朴民风有关,与同事给予我的无私帮助有关,当然,更应该感谢我有一个好的合伙人,总是'正能量'的枕边风——她时时提醒我,不忘初心,清白做人! 我感谢我的美丽爱情,更感谢妻子的人品和贤淑。"

▶ 爱情花，在最黑暗的时节发芽 ◀

1976 年 9 月 9 日，中国的天空充斥着沉重与沉痛。空气中，挤满赵忠祥用近乎哭泣的超低音："中共中央、国务院、中央军委讣告：伟大的无产阶级革命家、政治家、军事家、忠诚的共产主义战士……毛泽东主席……于 9 月 9 日 0 时 10 分在北京逝世，享年 83 岁。"李焕德和全国人民一样，无法接受这天崩地裂的悲痛，几乎瘫坐在地上，一股抑制不住的泪水直往外流。

按照中共中央的规定，毛主席的治丧时间为 1 个月。因为李焕德是医院的基干民兵骨干，又加上已经拿到了南京药科大学的入学通知书，中药房也就未再安排李焕德的具体工作了。因此，李焕德回到医院后就被安排参加"为毛主席守灵"及医院的安全保卫工作，防止坏人破坏中国人民深切悼念伟大领袖毛主席的活动。李焕德他们 10 几个基干民兵，每天挎着全自动步枪在院内巡逻，当时的带枪巡逻其实也是做样子，根本就没有子弹。一个月内哪里也没去，也不允许有任何娱乐活动。

10 月 9 号，是毛主席追悼会的日子，医院将灵堂设在大礼堂。当时的大礼堂位于现在学生宿舍的地方，是一栋大框架的平房，能容纳 1000 人左右。因追悼会需要，桌椅板凳都搬走了，礼堂周围摆满了花圈，其庄严肃穆的气氛与北京天安门的现场可能没有多大差别。

下午 3 时正，追悼会准时开始，全体起立默哀 3 分钟。然后就是中共中央总书记、国家主席华国锋同志致悼词。悼词很长，持续了约 2 个小时。说来也怪,往年 10 月份天气已很凉爽了,但是这一天天气却非常炎热,站在大礼堂中间的许多人,可能是因为悲痛过度,或者是人太多太拥挤,空气不流通的原因,竟然晕倒在了会场,更增加了追悼大会的悲痛气氛。

在这一天,一个精神病男患将饭碗狠狠地甩在正在走路的美丽护士的脸上,这名护士不得不去手术室从口腔内缝了 3 针。她的名字,叫邓孟先,后来成了李焕德的妻子。

毛主席追悼会开完以后很久,人们一直处在极度沉痛之中,满世界好像被黑色塞得满满的。

在这最痛苦最黑暗的时期,爱情的香味却如寒冬的茉莉花悄然来袭——经当时的医院团委书记杨桃仙介绍,李焕德找到了自己人生的学校,认识了他人生的另一半——邓孟先。从认识她的第一天起李焕德就喜欢用梦仙(孟先的谐音)这个名字称呼她。因为李焕德觉得这名字更具有女人味,更优雅,更符合她的性格,也更接近李焕德潜意识中的爱人的形象。

人们常说,"姻缘是前世修来的"。李焕德非常相信这句话。对于李焕德这样一个穷山沟里出来的穷小子,从来也未曾想过要找一个城市里长大的富家女或高干子女什么的。在此前,只能说暗恋过某位姑娘,没有任何行动,也有几位老师曾经给李焕德介绍过对象,不是李焕德看不上对方,就是对方看不上李焕德。但这一次却一拍即合。尽管两人都在医院上班,但彼此并不了解,李焕德当时只知道她是精神科的护士,个子 1 米 6 左右,留着两只不大的小羊尾辫,皮肤白皙,人也很文静,渴望当兵的她常常穿着一件女军装,且在全院团员大会上经常发言,也还算得上出众。要知道,当年找对象的一个重要条件就是政治上要求进步,并且要组织同意。当然医院团委书记介绍的,这些也就不成问题了,当杨桃仙介绍是她时,李焕德马上就同意接触,并很快就约定了正式见面的时间。其实，李焕德早就仰慕梦仙女，因为她是团支部书记，经常上台讲话或作报告，只是梦仙并不认识那个安静老实的李焕德罢了。

他们第一次见面，是 1976 年那个寒冷得不能再寒冷的冬季。李焕德记得那年雪下得很大，整个冬季都是冰冻，持续了约 40 来天。

晚上 8 点左右，梦仙女在杨书记的陪同下，来到李焕德的房间相亲。李焕德回忆说，我看得出，她当时还是经过了打扮的。她一改平时总是喜欢穿军装的习惯，穿的是一件带点浅花格的小棉衣，脖子上系着一条粉红色的拉毛围巾。虽然没有化妆，但由于有点害羞，梦仙圆圆的白净的脸上现出淡淡的胭脂红，在灯光的映照下，加上粉红色围巾的衬托，真有点像粉红色的苹果，加上纯情少女的那种特有的矜持，李焕德看得胸口有小兔子跑动的感觉，很是喜欢。而李焕德呢，没有任何的改变和修整，仍然穿着一件当时裁缝师傅手工做的蓝色卡几布的中山装，戴着一顶民兵军帽，没有一点今天男女青年相对象时的包装和做作，一切都是原汁原味的纯朴、自然和单纯。杨书记为他们男女青年引见后很快就离开了，这是那种年代特有的一种介绍对象的做法。剩下李焕德和梦仙，他们两人对坐了几分钟后，还是李焕德先主动地拉开了话题，互相简单的自我介绍了自己的个人爱好及家庭的情况，并各自讲了一些自己对未来爱人的要求，见面持续了约 20 分钟，最后彼此都说考虑几天，如果满意再互相联系。李焕德的初恋如此简单，却那般难忘。

在我和李焕德认识的 20 年时光里，李焕德给我的印象始终是一个温文尔雅的知识分子形象。即使在黄赌毒最疯狂的那些岁月，我们想请李焕德一起去洗个脚，他都是十分腼腆地拒绝。在我的印象中，他是一个有责任心的男人，也是一个幸福的丈夫。医院许多的工作人员十分羡慕李焕德找了一个好老婆，用"对丈夫无微不至的照顾"来形容婚后的生活，一点也不为过。想到这里，我对李焕德说:"嫂子对你那么痴心,那么好,一定是她追你的吧?"

李焕德笑了,笑得很天真,如婴儿般诚实。他说:"我们不存在谁追谁。但第一次见面后,是她主动来约我的,却是事实。"

梦仙接过话茬说:"是的,确实是我爱上了他这个好青年。我们相识3天后,我买了两张建设电影院的电影票,约老李一起去看的电影。记得当时看的是《洪湖赤卫队》。"直到今天,当李焕德听到"手拿碟儿敲起来"的音乐时,总像又回到了40多年前那青春年少的年代。看完电影后,她约李焕德去她住的宿舍看看。其实,她的宿舍就在李焕德住的医生楼的旁边,护士楼的四楼,也是4人1间,但看起来比李焕德的宿舍要空一些,整洁有序。因为是四楼,显得明亮一些。坐下后,她给李焕德倒了杯水,然后进行了第二次简单的交谈。她告诉李焕德,己将李焕德的情况向她在汉寿的父母亲汇报过了,父母同意她自己的选择,并告诉李焕德她所在的党支部及精神科的领导也同意她与李焕德的交往,也就是说组织的政审关通过了。李焕德理解这是她已同意与李焕德继续交往并建立恋人关系。此后的一个多月时间里,李焕德几乎2-3天就从湘雅回来一次,每次回来也就是简单的见面约会,要不就是看电影。在当时,看电影是年轻恋人们最好的约会,再也没有其他的娱乐活动,直到春节前学习班宣告结束。

过完春节,李焕德就得去南京上学了。随着交往时间的延长,李焕德他们彼此间的了解越来越多,感情也在不断升温,总有一日不见如三秋的感觉,李焕德想,这也许是热恋中的年轻恋人的共同体验吧。

春节前几天因为不要上班了,于是,李焕德准备回家过年。当时虽已参加工作5年多了,但工资只有30.5元/月。除了生活费,李焕德还得给正在新宁五中读高中的大妹妹寄5元钱,所以一年下来的积蓄也就仅供每年回家一次的路费和为奶奶及父母买点小礼品,更何况春节后李焕德就要去上学了,总得买点学习用品和生活必需品。所以,这次回家过年李焕德几乎没有买什么东西,在家也就住了 7 天左右。李焕德把要去南京上大学的情况及已经找了对象,并将她的照片和家庭情况向父母做了报告。父母都是 1949 年解放时入党的老党员,他们都很能理解并支持李焕德自己的选择。其实,在李焕德不满十七岁就离开家乡和父母独自生活长大到 23 岁的这几年中,父母已经对李焕德的自立能力很放心了,他们也不可能对李焕德的恋爱和婚姻进行过多的干预,李焕德的汇报其实也是一种对父母的尊重而已。

过完春节,李焕德很快就返回了长沙。这时的心情,除了要尽快准备上学外,更重要的是对热恋中的女朋友的牵挂,想用更多一点时间在一起增进了解和感情。有十天左右的时间,李焕德他们几乎每天晚饭后都在一起散步、看电影、聊天、彼此都觉得情感在快速升温,距离在不断地靠近,直到李焕德要离别的头一天晚上终于忍耐不住的第一次亲吻并拥抱了她,她没有拒绝,并温顺地接受了李焕德的亲吻。

初吻的第二天,也就是 1977 年 2 月 10 日,李焕德就踏上了东去的 207 次列车,开始了李焕德去南京求学的生涯。

与女朋友及同事们道别后,李焕德便与何芝义(一位在中医附一院读中专时的同学,毕业时分配去了湖南省药品检验所工作)结伴乘火车去南京了。那时火车速度很慢,从长沙到上海的火车约需要 27 个小时,都是座席。

在去上海的 207 次列车上,耳边总回响着临别前的夜晚女友讲的故事——在美国某学界的一次"关于主"的小型讨论会上,一名老天文学家说:"我用天文望远镜观察了一辈子,不仅看得见云,而且能看得见宇宙间的其他天体,但我从来没有看到过主"。

一名资深的外科医生说:"我做了无数次的手术,几十年来解剖的病人和尸体不计其数，从头到脚都解剖过，我也从没看到主，所以，我认为主根本就不存在。"

这时，一位胸前挂着一个银色的十字架的老太太步履蹒跚地推门而入，她首先问那天文家，你看到过风吗？它是什么颜色什么形状？

天文学家摇头。

她又问，你听到过呼啸的风声吗？

天文学家点了点头。

她又转向那位医生问，你爱你的太太吗？

当然爱，医生答。

她追问，真的爱吗？当然是真的！非常爱！医生坚定地回答。

那么，你剖开过那么多病人，你在哪个人的血管、神经、肌肉或细胞里看到过爱的形状呢？医生摇了摇头，双手摊开说，NO，NO。

老妇人高昂着头说，"因此，没有发现的不等于不存在！主就在天上，在天上看着我们，在我们身边，保护我们。"

正当李焕德沉浸在女友的故事中时，她对李焕德说，"不管你看得见还是看不见，我和主同在，明天会伴你一路平安，会陪你完成学业。"

女友的音容笑貌，伴李焕德在摇晃的列车上缓缓入睡，甜甜地入梦……

在对李焕德的采访中，他一直十分怀念他和梦仙的第一次旅游。那是女友在上海参加学术会议，他正适毕业离校，他们相约在杭州玩了一天。李焕德和梦仙都清楚地记得，那是 1980 年的 2 月份，是春节前的几天，天气已经很冷，去西湖的那天还下着很大的雪，已觅不见荷花的踪影。他们沿着湖边漫无目的地行走，走过留下无限情诗的断桥，遥望留下无限感叹与遐想的雷锋塔，李焕德他们就算是完成了"西湖一日游"了。如今,唯一记忆犹新的,恐怕只有那西湖著名的断桥残雪的意境罢了。第二天,李焕德就急急地登上了回长沙的206次列车。因为李焕德知道,远方有离别三年的同事在等着他,有李焕德将为之付出一生青春年华和生命的湘雅附二医院在召唤他……

1980年的春天,是个甜蜜的春天,用李焕德的话来说,是一生中收获最大的春天。当年4月,李焕德和梦仙在同事的见证下,他们各自将自己的行李搬进门诊空着的一间办公室,开始了你中有我、我中有你的婚姻生活。

这种没有婚礼的婚姻,感动了一代人;这种没有功利的爱情,感动了身边人。在组织的劝说下,他们停下了手中的工作,梦仙接过好心同学借给她的100元人民币,开始了为期一周的结婚旅行。所谓旅行,其实就是到新宁老家看看父母,然后到紧邻新宁县的桂林,在桂林火车站的小旅馆里住了两晚。梦仙在接受采访中对我说:"我和我老公都是家中的老大,他有一堆弟妹要照顾,我们没有多余的钱,住在那很简陋的小旅馆,我都觉得是一种奢侈。但我觉得很幸福。真的,我这一生都感到特别幸福。"

我说:"嫂子,李教授对你的好,和你对教授的好,一直是圈子里的佳话。你能不能和我说说,他做得最浪漫、最让你感动的事?"

梦仙片刻的沉默后说:"我们真的过得很平凡,很朴实,没有什么浪漫,也没有收到过鲜花。但我真的觉得值,觉得很幸福。"梦仙停顿了一下,接着说:"我前两天还跟老李说,我这辈子算是嫁对人了。如果还有下辈子,我们还要做夫妻,我要你嫁给我。"说到这,她深情地看着坐在我身边的李焕德说:"不信,你问他。我真是这样跟他说,我真的愿意和他过下辈子。"

不知为什么,听到这里,我的眼眶发热了,我不知是羡慕这对夫妻,还是被他们的朴实所感动。

李焕德接过妻子的话说："确实，她想下辈子继续做夫妻，我也愿意。"他端起茶几上的茶喝了一口说："花，真的没买过，但我每次出差，都会为她带一份心意回来，30多年没间断过。86年，我出版了《静脉用药指南》，将600多元稿费，为她买了梅花表。"梦仙的手腕上，圆圆的表面，非常精致小巧，白色的金属表链铮铮发亮。我将目光投向梦仙，她接过话说："我一直戴着，非常喜欢，时间也非常准。"

"为什么给她买，不给自己买呢？"我偏过头，问与我同坐一条长条沙发的李焕德。

他说："她是精神科的护士长，比我更加急需要一块表，因为她要看时间，要天天掐着时间盯着病人服药，甚至要为他们喂药。"他停了停，将右手伸到我面前说："后来，我有钱的时候，我也去买了一块梅花表，情侣表。"讲到这，我能明显感觉到李焕德的自豪。

或许，是作家或记者的天性，我还是穷追不舍地问："嫂子，难道你没有为李教授哭过？"

当我问到这里的时候，我看见梦仙轻轻地在茶几上扯出两张餐巾纸，轻轻地拭擦着泪水。然后，说："流过。去年7月还哭过。"她停了停，给我简单地述说："去年2月，我添了一个孙子，带小孩子，腰痛病加剧了。老李带我过河去河西金星路去看腰，在回来的公共汽车上，还差一站没到（我应该在韭菜园站下），我以为到了，我说'到了'，老李刚起身，正赶上司机一个急刹，恰巧一个妹子来抢老李的座位，一下子将老李重重地撞倒在公共汽车，老李就直挺挺地躺在汽车板上。当时，我的眼泪就哗哗地流了下来了。过了分把钟，老李让我扶着他爬了起来。车上的旅客有人在骂那个女的，老李还安慰道：'不是有意的不是有意的'，我在扶着走回家的路上，我一直流着泪在后悔——万一摔成脑震荡了呢？"

老李接过话茬:"要说流泪,流得最多的,还是06年。"接着,梦仙开始给我讲述那个"关于肝癌的故事"——

1981年,他们爱情的结晶问世不久,李焕德在体检中就发现有肝炎,表面抗体阳性,后来没两年,转变为"大三阳",我开始为他的身体健康担忧,开始为他千方百计地调理身体,开始为他四处去寻找偏方。我一直非常非常担心他的身体,他又不要命地拼命工作。

然而,李焕德在2006年5月的例行体检中,B超体检发现肝脏有2毫米的小肿块。8月初,长大到4毫米以上,经CT、核磁共振、P-CT检查,仍不能最后定论。8月16日,身为外科主任医师的尹院长知情后,迅速主持全院专家会诊。会诊后决定:马上住院! 不管是恶性还是良性肿块。

"我的天呀! 当时我的天都要塌下来了! 我想,如果不是很严重,为什么要院长组织全院会诊?如果不是很严重,为什么要立即住院,准备手术?难道是真的演变成肝癌了? 8月16日晚上我想在病房陪他,因还没手术,他坚决要我回家去睡。我一进门,背靠在门上,眼泪就真的像决了堤的洪水,任凭眼泪从脸上往下流,根本就麻木到不知道用毛巾或衣服去擦眼泪。"梦仙讲到这里,眼泪又止不住地流了出来。她说:"我不是一个喜欢流泪的人。我轻易不会流泪。但是,只有在那种情况,才会体会到一个女人,一个妻子的痛。我不知道自己是什么时候睡觉的,也不知道自己是怎么醒来的。我每二天大清早5点不到,我就去了他的病房。推开病房,看他睡得很香,我不忍打扰他,就悄悄离开去了办公室,呆呆地坐着。"

李焕德接过话,说:"其实,那一晚,我根本就睡不着,没有睡。你来我知道,我听得出你的脚步,我是装睡的。"手术切除是最可靠也是简单的办法。于是,17日下午下班后,梦仙来到了李焕德的床前。李焕德看着眼睛浮肿的妻子,知道妻子在担心什么,就握着她的手说:"医院对我爱护过了头,我没事的。"妻子听到他这么说,心里没有一丝轻松,眼泪吧嗒吧嗒掉到了李焕德的脸上。李焕德说:"她的眼泪水落到我的脸上,虽然水是热的,但滴滴像刀子戳在心口,因为我内心还是多少担心是癌的,我欠她太多,她对我太好。"

18日早上8点多,李焕德被推进手术室大门的时候,梦仙没有当着他的面流泪,但手术室的门一关上,梦仙的心是揪得紧紧的,在5个小时的手术中,梦仙断断续续地流着泪。李焕德说,手术室大门呼的一声关上的时候,他也感觉到有眼泪从眼眶里流出来,他以为很可能再了见不到心爱的妻子,和正在手术台边等的儿子(儿子在医院血管外科当医生)了。用梦仙的话来讲:"隔着手术大门不能相见的几个小时,我的身子一直是在发抖的。"我想,每一对真爱的夫妻,遇到这种情况,站在手术室门外的人,心态大体和梦仙是一样的。

老天保佑!切下来的是一个良性的高分化性瘤!切掉了肝左叶的李焕德,被推进病房后,身上插满了管子:输液管,尿道管,手术创口引流管,吸氧管,24小时心电监护仪,等等。梦仙虽然很心疼,但也很欣喜地接受了专家和儿子在快速冷冻"病理切片"后做出的决策。在住院的日子里,梦仙天天细心呵护着自己的丈夫,为他喂饭喂水,端屎端尿。或许是爱情的力量,李焕德大创伤的手术,比一般人的愈合得好,只住了十多天就出院了。

梦仙女说:"我们老李是个要事业不要命的人。那么大一个手术,出院才一个月,他就要去厦门讲学。没办法,我这个随身护士只好跟着去当生活秘书,为他去打针。"

我不解地问:"打针?"

李焕德幸福地感叹道:"是的,打针。没有她,我真的不会有今天这个身体。"他歇了一口气说:"出院以后,必须坚持用干扰素,开始是一天一针,2个月后是3天1次,后来是1周1针。她天天在家给我打,连续打8个月。"他停了停说："打那针，白细胞下降明显，天天感冒症状，全身肌肉酸痛，一般人很难坚持；一般病人到医院去打针，更是难以坚持。"

我不解："你不是癌症，为什么还要打8个月？"

李焕德说："长久治疗，是为了预防身体的肝炎向肝硬化转变。"

梦仙像个孩子般兴奋地说："说来是个奇迹，手术后打了8个月的针，到现在为止，不管什么时候去体检，老李的肝炎症状和检查指标都是阴性了，正常了。"

看她兴奋的样子，我突然话锋一转，问道："你们都结婚36年了，大家都说爱情的保鲜期只有18个月，时间久了，就只有亲情，没有爱情了。你们除了亲情，还有爱情吗？"

李焕德脱口而出："我们有爱情！我们有爱情！"

我盯着他，不说话。他还是坚定地说："我们有爱情，真的有爱情。爱情和亲情是绝对不一样的。"

我继续不言语，将目光转向梦仙。

她懂得我的问询。她说："我们是有爱情的，而且一直在爱，现在我退休了，他也没那么忙了，我觉得我们更爱了，更想念了。"

我不解地问："想念？"

梦仙接过话说："是的，想念。全国各地请老李去讲学的很多，他出院8个月后不需要我打针了，也就不带我出差了。"李焕德插话道："别人请我去讲课，带老婆去，别人会说闲话。"

梦仙接着说："我在家没事，想他，就想给他打电话，可我只好拿起来，又放下，放下，又拿起来。不敢打。"

"为什么？"我不解地问。

"怕打扰他讲课啊。我搞不清他什么时间点讲课，也搞不清他什么时间在和对方在交流。有时候，干打他电话，打烂了，他又不接。"

我用眼睛望着李焕德。他接话说："讲课的时候，我将手机调到了静音，有时候讲完了忘了及时调回来，所以她打来了，我也不知道，就没接。"李焕德看了眼妻子，接着说："其实，我在外面挺惦记她的。因为我不在家，她就睡不着，就傻乎乎在客厅看电视，有时看着看着，就睡着了，这样就感冒了。我不出差她不感冒的。"

梦仙抢过话："这一点，我们老李好，哪怕半夜发现我感冒了，他都要起床来为我做葱汤喝。"

离开李焕德的家门很久很久，我还在想，梦仙那喝的哪是汤啊，那是人世间最朴实最甜美的爱情蜜！

► 后记 ◄

一个人的人生，就是一部感情史。不管官做得有多大，不管财富有多厚，不管学术有多博，如果他的世界里少了情感，少了真挚的情感，那样的人生注定是苍白的。人世间，最美丽的情感，不是惊天动地，不是浮光掠影，不是珠衣锦食，而是人生走过的每一分每一秒，都非常清晰，非常干净，不带铅尘，不带犹豫。我们能够想起的儿时爬过的树和走过的路，我们能够想起的同窗的目光和握别，我们能够想起恋人浅浅的笑和轻轻的泪，都是世间最珍贵的情感。

官有告一段落的一天，财富有用完的一天，学术有被更正的一天，唯独让我永远敬仰的，是李焕德所拥有的那份夫妻间的平淡和同事间的真诚。

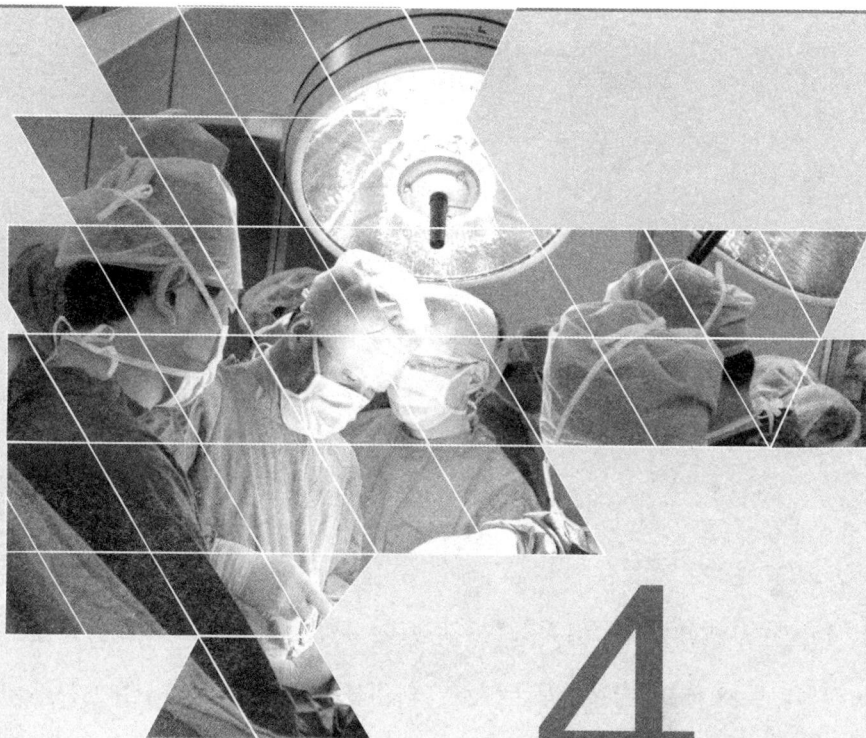

4▶

手术尖兵韩国兴

　　韩国兴，江城人称"韩大拿""一把刀"，是吉林人熟知的一位外科医生。1995 年 1 月 28 日，韩国兴走马上任妇产科主任，这是人们意想不到的！然而，更让人意想不到的是：他上任之前，这个科一直是医院最薄弱的 2 个科室之一，病员稀少，人均月奖金不足 20 元，别说医护人员没有积极性，就是实习生、进修生也不愿来此做"短暂停留"；可 1995 年，不仅吉林市的病人愿意来 465 医院妇产科，连哈尔滨、长春、延安等地的患者也纷纷来此就医；全年该科病人收住 500 余人，手术 700 多例，大手术相当于前 10 年总和的几倍，其中 3 月–6 月手术量是全员总数的一半，5 名医生、16 张病床全年创收入高达 45 万，人均月平均奖金最低也是 100 多元、最高时达 200 多元，用一名护士的话来说"现在叫我走我也不想走了"。

　　一个人的能力和精力是有限的，一个人的敬业精神和高尚医德对人的影响力是无限的！这，就是我采访韩国兴医生所得的一点感受。

韩国兴说："医术不精,何以救人? 医德不佳,何以服人?"

面对市场经济大潮的冲击,有人喊出了这样的口号:前半生为党做奉献,后半生为家捞金钱。韩国兴却坚定地说:前半生从医,后半生还是从医。既从医,就只能有一个目的,为病人。救治病人,没有精湛的医术怎么救? 靠啥嘴皮子?医术从哪里来,从病人来,医生是在病人身上练出来的。医德不好又有哪个医生愿意带? 又有哪个病人愿意让你"练"? 深入的采访,记者找到了他让人"服"的秘诀——靠医德和医术两条腿走路。

韩国兴 1961 年入伍,次年与医结缘。33 年来,三次进医学院校培训,两次外出进修,前后学习 11 年。这 11 年的学习深造,为他从事临床医学工作奠定了坚实的基础。从 1965 年至 1995 年 1 月,从事普通外科工作,30 年做过的大大小小手术近万例无一事故差错,这是一个奇迹,更是扎实的基本功结出的硕果。最近 5 年,他独立完成的大手术不下 200 例,脾切除、脾腔静脉分流和门脐静脉断流、直肠癌经腹膜外切除和经腹会阴切除、乳癌根治术等都在 30 例以上;肝硬化脾脏自体移植术,他从 1993 年就已开展,1995 年第 15 期《中国实用外科杂志》报道了他的此项手术,据中国医科大学外科教授透漏,"全国开展此项手术独此一家,目前国内还未见有别的报道"。

今年 51 岁的韩国兴自 1970 年调入解放军 465 医院以来,除了担任空军医高专学员的教学任务外,每年的手术量在 200 例以上,也就是说除了上课和休假几乎每天都有手术要做。

　　时间对于韩国兴来说是以分秒来计算的，为了不断提高自己的医学理论水平，完善自己的知识结构，8 小时以外，他除了去病房观察病人病情就是看书与写作。用他妻子的话来说："咱们老韩的文章可都是熬夜熬出来的。"韩国兴这些年来发表了多少学术文章，我没从摆在我面前的一摞摞杂志中数。从他的述职报告我看到他仅 1994 年和 1995 年发表在《中国实用外科杂志》《中华肿瘤杂志》《现代外科与临床》等权威学术刊物的论文就有 18 篇。其中，《女阴皮脂腺增生的临床病理与发病机制研究》（The clinic pathological and patho-genetic study of vulvar sebaceous gland hyperplasia）在第四届亚太地区病理学术会议上受到与会专家一致好评。

▶ 有一首歌唱道："天地之间有一杆秤，那秤砣是咱老百姓" ◀

　　在和韩国兴的交谈中，我惊奇地发现，他如数珍宝一样地能数出他治疗过的危重患者的姓名、单位、年龄和治疗情况。当我问及"你一生从医，最难忘的是什么"时，他说"难忘的很多，最难忘的我也搞不准。"我说"那就随便说一个事例吧"，他就给我讲起了——

　　2 年前，有一个叫尚春英的患者，52 岁，吉化助剂厂的工人，患的是肝硬化、门静脉高压。她因反复呕血、便血半年入我院，每天呕血 2 次 3 次，每次呕血量 1000 毫升。病情十分严重，上午一送来，我们就再抗休克治疗后，迅速进行了肝硬化脾切除、奇静脉断流、自体脾移植术。通过 3 个多小时的手术，再加上 20 多天的治疗，病人出院并回了以前的工作岗位上。

你胰腺癌那样的高难度手术你都做过，你有时一做就是 5 小时、7 个小时、为什么这次你那么难忘呢？我不解地追问？

韩医生笑答道："这么大的呕血量，这么频繁的呕血，在医学界是少见的。在呕血情况下做急诊手术比较少见，对她进行病理性脾移植在全国是头一例，病人随时都有可能被丢在台上。"

外科医生最怕的是病人死在手上台上坏了过去的名声。危险性那么大，他为什么还要做？用韩医生的话来说："管不了那么多了，只要病人有一丝希望我就要去努力，如果时时考虑自己的利益而不管病人死活那还算什么医生？"

少倾的停顿，我问："医院一楼大厅有三张大红纸写的感谢信，是一个叫杨金凤的患者家属写给你的，那是怎么回事？"

一名实习医生告诉了我答案。杨金凤是 5704 厂的一名年仅 26 岁的女工，1996 年 1 月 6 日 14 时因"重度妊娠综合征，产前子痫，急性肾功能衰竭"从别的医院转入我院。来我院时是剖宫产术后 24 小时无尿，全身浮肿，肾衰，生命垂危，一入院就按常规下了病危通知书。可在韩老师的精心组织抢救下，7 日晚上病人就有少量排尿了，到 12 日病人就平安出院了。听完实习医生的讲述，我问："韩老，病人没表示表示。"韩医生说："8 日早晨我一个人在办公室，一个二十七八岁的小伙拎这一袋桔子进门就眼泪汪汪地说，'主任，你救了我媳妇一命，我没什么好感谢的，送点水果送点钱，钱没多少，是个意思，您就收下吧'，说完转身要走，我起身拍拍他的肩说，'小伙，你拿回去吧，我们部队医院不兴这个，我们不看你是不是当官的，是不是有钱，我们不看你拿来了什么，我们看的只有病情。'"

病人和其家属眼泪汪汪地走了，留下的是一封感谢信，一片发自肺腑的心声。

　　病人和病人家属敬慕他、感激他,在住院中、在出院时,在出院后一次次为他送来了表示感谢的"意思",他一次次地回绝了,如果要把那些物品累计起来,一万元是没一点问题的。从多方的了解得知,1995年底,妇产科被医院的上级部门——空军医学高等专科学校评为先进科室、先进党支部、计划生育先进科室,一改过去"荣誉与妇产科不沾边"的历史。

5.▶

让生命最后一次亮丽

▶ 昨日,她安详地闭上了双眼;今日,她在军人的护送下和
5年前辞世的丈夫见面。威严的士兵,庄严地举起右手,向
这位高尚的中国女性致敬。 ◀

1996年3月28日,对于生意人来说,是一个吉祥的日子;对于赵琪和赵璞姐弟2人来说,却是一个痛断肝肠的日子,他们的母亲——1946年就在沈铁吉林医院牙科负责的李素珍老人,在这天,将自己81个春秋的风雨人生画上了圆满的句号。

姐弟二人将遵母亲的遗嘱,将她的遗体同父亲一样,捐献给空军医学高等专科学校。

1996年3月29日下午3时34分,载着李素珍遗体的军车,缓缓驶进空军

医学高等专科学校的大门。士兵们第二次为"客人"举起他们的右手;第一次是为李素珍的爱人赵柳泉。

汽车,在校园正南方的一座红色平房前停下;门开了,室内,离门2米远的地方,有一张床。赵柳泉先生静静地躺在床上,极像一个熟睡的人儿。他短短的平头,雪白的头发,眼睛静静地闭着,嘴唇微张,牙齿完整,双手平放在身体的两侧。我展开我的两臂比了比,老人大概有1.70米的个头,皮肤和色泽保持完好。陈教官告诉我,身旁的池内盛满了福尔马林,尸体就存放在这样的池内;今天,他们是特意将赵先生请上岸和他的夫人相会的。我,仿佛看到了他们爱的火花,听到了他们心底的歌。

▶ 有人说,50年代在高兴,60年代在高呼,

70年代在反思,80年代在奋进,90年代在经营。

可赵柳泉、李素珍的一生,却在研究生命、修复生命。◀

赵柳泉原名叫赵海洲,生前是吉林市第七中学的心理卫生教师。

1990年盛夏的一个上午。空军医学院高等专科学校人体解剖学教研室的门被扣开了。一位白发老人进了屋。张希印主任与其寒暄一阵后,老人将话题引到了"死亡问题"。他说:"人死了以后,变一把灰没多大意思。我想在死了以后再为医学做点小贡献,把尸体捐献给你们,不知你们敢不敢要?"

张主任还是头一遭遇到这种情况,他沉思片刻说:"你有这么好的心愿,我一定接受,从国家卫生部门来讲,也是大力提倡的",张主任为老人添了一些水,接着说,"不过,以免之后麻烦,你最好给我留一个遗嘱。"

"那好办,"老人显得异常兴奋。

这位老人,就是赵柳泉!他是吉林市第一个在尸体处理方面吃"螃蟹"的人。

在老先生的住宅,我找到了两张字条。一张写于 1991 年 5 月 8 日,是赵先生感到病情严重时去空军医学高等专科学校索要的"定心丸",这也是他第 3 次去学校解剖教研室。纸条上写道:"赵老先生愿将遗体无偿赠送给我校为医学教育做贡献,我们表示崇高的敬意。只要有赵老遗嘱,到时候送来,或来电话我们去接,都可以。解剖教研室主任张希印、副主任唐继林。电话:461711 转 360。"另一张是赵老先生的遗嘱,立于 1991 年 10 月 1 日,共 6 条,内容如下:"1. 献出遗体,为医学事业尽最后一份力,能干什么就干什么。2. 丧事从简,不搞告别仪式,不开追悼会。3. 本人没有什么遗产,子女自食其力。4. 希望安乐死,病危时不许抢救。5. 如遗体无人敢收,由殡仪馆处理,不留骨灰,6. 我的后事,必须按我以上意见办理;子女亲友不得违背。"

10 月 4 日,赵柳泉怀揣着美好的愿望,飞去"理想之国"。

10 月 5 日,张希印主任按照赵老先生的遗嘱,将他接到了"新家"。

▶ 一个人之所以选择去这样做,而不去那样做,一定和这个人的思想内核有着必然的联系。理想的崇高,事业的执着……都可以算做某种因素,我们时刻不能忘却。 ◀

赵柳泉的一生,是平凡的一生,奉献的一生,同时又是正直的一生,充满神秘色彩的一生。

至今,包括他的妻子和儿女在内,谁也搞不清楚他出生的准确年月日。

颇有意思的是,记不清自己生于何日的赵柳泉先生,却能对子女背诵他的青春岁月:1929 年,去哈尔滨求学并拜读于楚国南老师(楚老师后当选为全国人大副委员长)的门下,在校期间任学校学生会副主席。"九·一八"之后到北京参加地下工作,"七·七"事变后随地下党撤至樱桃沟。1940 年随张自忠将军至重庆,并在重庆认识我党高层领导。1942 年辗转去了甘肃。1945 年跟随部队回到吉林,在吉林省立医院(现吉林市中心医院旧址)任总务主任。解放以后,国家重视教育,当时师资力量薄弱,他主动去吉林市第七中学担任生理卫生教师,直至离休。

1996 年 4 月 2 日上午,当我们边扑打身上的雪边敲赵琪的家门时,赵琪正欲送她弟弟赵璞返京。当我说明来意时,赵琪女士一个劲儿地说:"真的,上次我就说了,我一点都不希望你们来采访,好多人都以为我一年多没有工资,拿父母的尸体去卖钱,其实我一分钱也没有要,完完全全是为了实现老人的心愿……"高级工程师赵璞也说:"在荷兰,法律明确规定,凡遗嘱没有明确表示死后不捐赠,都被视为同意,遗体一律捐献给国家。我父母那样做,可以说是一件好事,可有许多人不理解。我马上就回北京了,别人说什么我也听不见,我就怕我姐受不了……"

赵琪、赵璞的父母生前,一再教导他们:"不管什么事,一定要多替人家想想,能给别人干点什么就干点什么,千万不要去麻烦别人。"赵柳泉先生一生极为关心政治,订阅多种报刊。而且他对社会上的不正之风、腐败现象深恶痛绝。1990 年,他去一些医疗单位表示要捐赠自己的遗体未被同意后,感到很困惑,"报纸上说,中国很缺这些东西,为什么没人敢接收?"后来,他去火葬场联系,希望他们能帮忙找个"接收单位"或火化从简,有人说他是精神病——"活得好好的就想到死,脑子没病才怪呢。"他回来后叹息道:"愚昧啊愚昧。"

▶ 我们生时，一有病总渴望得到医生的救治，这是我们的权利。可我们是否想过我们的义务？我们在享受良好的医疗保健愉快地度过此生以后，应该为社会做点什么呢？ ◀

1996年4月4日，我推开了张希印主任工作间的门。"你看看，"他顺手将一张大纸递给我。纸的最上端是一行大黑字体"向赵柳泉先生致敬！"最下方是大黑字"赵先生的高尚情操和奉献精神永垂不朽！"中间是赵先生的生平及简介。

当我问及这干啥用时，张主任告诉我："我和李相万主任、教研室全体工作人员研究过了，我们想把他老两口都制成标本，把上半身保留，尽可能不做太大破坏，供后人参观学习，以倡导这种良好的社会风气。"

一种风气的形成，需要一个过程。赵先生在吉林市开了一个好头，赵先生的夫人果断而坚定地接过了他的"接力棒"。我坚信，如果我们在"那一天"也能接过他们的思想和精神，我们的医学事业必将更快发展，我们的后代必将更加健康。

敬礼——赵柳泉先生！

敬礼——李素珍女士！

6.

一位女功臣的追求

茫茫人海,在和平环境里立功的能有几人? 然而,作为一名年轻的女兵,不只是立了功,而且立了一等功,获得了许多殊荣。

是什么使她步入荣誉的教堂? 蔡红霞的回答是:用真诚去敲开青春之门。

——题记

一个周日的下午,当空军医学院专科学校 12 队教导员将身着文职干部制服、身高不足一米五八、脸庞清瘦的蔡红霞叫到我们跟前时,我们万万没有想到:1989 年全军模范护士、1990 年全军先进妇女、1991 年全军学雷锋先进个人,荣立过三等功、二等功、一等功各一次的女中精英,居然是如此普通与年轻。

▶ 一、曾经苦闷过 ◀

1980 年,她刚满 15 岁,初中毕业。出于对军队的向往,她考取了中国人民解放军北京某护士学校。

1982 年,她以名列前茅的成绩结束了中专学业。许多同学分到了北京、天津、石家庄、上海、南京等地,而她却出乎意料地分到了偏僻的空军获鹿医院。更令她苦闷的是:医院安排她去许多人不愿去的精神病科报到。

第一天穿白大衣上班,她没有许多人第一次上岗所持有的那种兴奋和自豪,而是怯生生地向病房挪动着脚步。耳闻目睹精神病人的哭啼、嬉笑、怒骂、呆立……她不禁自问:难道我 17 岁的青春,就这样天天与失去理智的人为伴?!

没过几天,她被安排去为一名拒食患者喂饭。病人吃着吃着,突然将满口的饭菜吐到了她的脸上。正当她低头擦脸时,又一名男病人突然冲了进来,把她按在桌子上,揪住头发使劲往桌子上磕,直到工作人员赶到方才解脱。

走出病房,她并非感到轻松,只有簌簌下落的泪水,克制不住的哽咽,和对从前选择的万般悔恨……

▶ 二、唯有真诚最动人 ◀

　　面对她心头的委屈、低落的情绪，领导和同事并未横加指责，而是请她去家中吃饭，陪她一块看电影，班上言传身教，岗下促膝谈心……特别是看到身边的护士从家中端来可口的饭菜、香甜的水果给精神病人送去时，她被感动了——"哪一个精神病科的护士未受过自己所体验的委屈呢？她们能为病人送饭，我为什么打退堂鼓呢？……"不知不觉中，她懂得精神的痛苦比肉体的痛苦更痛苦，爱心比药物对精神病人的治疗更有效。

　　一天晚上，她正在查房，一名狂躁病人突然冲了过来，狠狠地朝她身上猛踢。虽然疼痛难忍，但她更知道护士的责任。于是，她咬牙从地上爬了起来，做出笑脸，安抚病人，并把病人扶回病房。

　　许多病人出院时，跪在地上哭着说："护士，对不起……"，那个狂躁病人出院后来信表达感激之情："在我发病时，也曾打过我的父母，他们在气愤之下，也'回敬'我。可你，回敬我的不是拳头，而是笑脸。从你那里，我得到的是比母亲还深沉的爱……"

▶ 三、有情皆在无情中 ◀

1989年9月，一个不幸的消息传到了她的耳中：家在江苏淮阴市的老父亲，被确诊为"肝硬化，肝胆管结石"。父母身边无人照顾，希望她能回老家照顾老人，或者调到爱人所在的南京某部来，这样离家也近些。可她却"无情"地含着热泪对父亲说："爸爸，请原谅女儿的不孝吧。我们医院条件艰苦，人员紧缺，我又是党员，不能只顾自己啊。"

今年七月，组织上决定保送她去深造，并表示"空军政治学院政工大专班"和"空军医学专科学校护师大专班"任她选择，对于渴望逃出精神病科的跳槽者来说，这是一次良机。然而，她却毅然选择后者，她于8月下旬，告别刚刚九个月的孩子，踏上了新的征程。

当问她为什么不去上海空军政治学院学习时，她莞尔一笑，轻轻回答："我的事业在病房。"

7.▶

癌友今日可安康

——一个青年作家的秘密专访

▶ 我喜欢将花瓶打碎给人看 ◀

或许是我出版的小说均是以悲剧结尾的缘故吧，不知何时，同仁送给我一个"敢说真话的悲剧作家"头衔。老实说，我是喜欢悲剧的。因为"悲剧"是将一个个美丽的花瓶打碎给人看，它留给人的思索和回味往往较"喜剧"更深刻、更长久。

杯盏中的权钱交易是不是人们生活中的一大悲剧？"艾滋病"算不算文明社会的一大悲剧？癌症、脑出血、心肌梗塞导致的身心苦痛是否可以看作家庭的一大悲剧？每一个读者心中自有一杆秤。但，在我的认识中，癌症仿佛是一只伸手可及、抓之无形、张着血口、张牙舞爪的魔鬼，它毫不留情地吞噬着、撕裂着一个个血气方刚的生命，不知疲倦地为他人的家庭编织着黑色而密实的恐怖之网……

生活在癌症之网中的人们，他们的心还在滴血、还在哭泣吗？她们脸上的愁云依旧沉重、忧郁吗？"三株赋新康"真的像全国各大新闻媒体所宣传的那样，给癌症患者送去了希望，送去了光明，送去了欢笑，送去了家的温馨，家的甜蜜，家的支柱吗?！为了不负"敢说真话的悲剧作家"的"美誉"，我决定对"癌友"进行秘密寻访。

▶ 掉进我瓶口的花该是哪一朵 ◀

世界有多少癌症患者？中国有多少人患有癌症？耕耘生息在江城这片热土上的人们，又有多少男女老少在"癌痛"中痛苦呻吟？谁也没有统计，谁也无从统计！因为，只有致癌因素突破人体免疫屏障，使正常细胞消耗得实在敌不过"癌细胞"时，人体才会有明显的"不适感"，当明显感觉到时癌症往往又到了中晚期；还因为，在我国广大的农村缺医少药现象还很严重，农民不可能定期去体检，城市居民享受定期体检也不一定一查就能对全身查个明明白白；也因为，患者大多只把自己的病情告诉给亲人，亲人为了患者的"利益"又常常对"外人"保密。

为了获取有关的信息，9月19日下午，我悄悄地叫上周晶记者和我一同前往"三株"，到了"三株赋新康营销部"，见到营销部的王经理，我们表示我们不会写什么，只是随便看看。当我问及吉林地区到底有多少"癌友"时，王经理两手一摊："这个我也说不准。"他停了停说，"按我国的发病率来算，应该是八千到一万之间，因为吉林市有 400 多万人口。"周晶看我还有追问的意思，她扯扯我的衣角低声对我说："这是商业秘密，你问他也不会告诉你的，你还是少问点吧。"

在一阵的闲谈后，我们和王经理的关系融洽了许多。可当我提出想要看他们公司对服用三株赋新康患者的跟踪调查表时，能言善辩的王经理顿时显得极难为情，对他来说这是机密中的机密。在我们"以人格担保我们绝不是商业间谍""我们只是随便看一部分"的再三请求声中，王经理依然铁石心肠。后来，周晶提议："王经理，你打开门喊一嗓子，叫他们随便抱一摞子来，只让咱们作家看一分钟，行吧？"王经理脸上挂着浅浅的微笑说："一言为定，就一分钟。"王经理脸上那浅浅的微笑分明是在说：一分钟，你到底能看什么？当王经理大喊："小李，抱一摞跟踪表过来！"时，我在想：多精明的领导，一分钟谁又能看多少呢？看来，我只能借此机会记住其中两个人的姓名和地址电话了。

面对那一摞子整齐的"跟踪表"，我说："王经理，你掐表；周晶，你将顺数第 10 张和倒数第 10 张表格给我。"

在一分钟里，我努力记下了这些："王启明，男，80 岁，新华小区 2 号楼 3 单元 4 楼 43 号。赵德彬，男，46 岁，永吉县乌拉街汪屯 3 社。"

▶ 赵德彬，会你没商量 ◀

从"三株"出来，周晶问我是不是要去采访他们俩，我让她别多问，明早听我电话。一出"三株"的门，我就告诉自己：为了真实，必须秘密进行，必须即刻行动，必须舍近求远。

第二天一醒来，看到屋外阳光明媚，我的兴致极好，因为最近一连几天，天都是郁郁灰灰的。我忘了自己的体温还是摄氏 38.7 度，迅速抓起床头电话：周晶，快起床！去乌拉街采访。

阳光放纵着自己，从头到脚地抚摸着包裹着我们的车子。车子在阳光的爱抚中欢快地蹦蹦跳跳地前行。从吉林市内到达写有"汪屯"字样的楼前时，我抬起手腕看了看表，正好跑了 1 小时 45 分。

下了车，我们去一家小小的副食店为赵德彬买一些点心作为"见面礼"。在店里，我们问一位大约 40 多岁穿蓝色衣服的中年人："您认识赵德彬不？"蓝衣人很警惕地回应："你干啥的？"周晶忙说："大叔，我是他的远房亲戚，好久没见了，特地从市里来看看他。"蓝衣人解除了警惕，用一种热情的目光对我说："一个屯的，当然认识。"我说："大哥有没有时间，麻烦您上车领我们走一趟行不。"蓝衣人点了点头很高兴地上了车。车子在一帮看热闹的妇女儿童的簇拥下缓缓前行。

车上，蓝衣人告诉我：赵德彬是一个老实巴交的人，和屯里人处得蛮不错。她的女儿已 20 来岁了，在吉林市一服装厂上班，儿子还在上初三。

当车开到一片郁郁葱葱的菜地，蓝衣人将手朝窗外指了指："那就是他和他老伴。他在干活呢。"他将头贴着窗玻璃朝外喊："老赵，你家来亲戚了！"转而指着车门对我们说："我要下车，这家伙我不会开。"我们帮他打开车门，随他下去。

望着手中拎着礼物的我和周晶，赵德彬握着锄头迷惑地说："你们是……"

▶ 那一天，我瘫坐在地上抱头大哭 ◀

我掏出了作家协会的会员证，周晶出示了记者证。我们说："我们想为老百姓说点真话，我们想听老百姓说点真话，我们真心真意地看您来了……"

赵德彬老伴接过我们手中的小礼物，很热情地说："走，回家唠去，喝点热水。"我说，大嫂没关系，别影响你干活，先在这唠一会再说，这里挺好，有太阳，挺暖和。

我们对于赵德彬的心理耐受力一点也不了解，为避免破坏友好和谐的气氛，我们很谨慎地交谈，很谨慎地选择话题。望着目光炯炯有神，脸色红润但左侧脖子上有一道斜斜瘢痕的他，我小心地问："大哥做过手术？"

"鼻咽癌，淋巴转移。在白医大二院做的。"他双手攥着锄头把，一身温暖的阳光让思绪回归——

1991年4月的一个清晨，他在洗脸时发现脖子左侧有一个小指甲那么大的包块，不痛也不痒，他根本不知道这是肿瘤在自己身上寄生了很长时间后发出的信号，他一点也不在意，继续去干他的"一亩三分地"去了。几天后，细心的妻子也发现了这个秘密。妻子轻轻揉摸着他那"多余的部分"担心地说："德彬，去医院看看吧，你这里好像多点东西。"德彬大大咧咧地说："没什么大不了的，不痛也不痒，不耽误吃不耽误睡。"

这个多余的东西，一点也不像赵德彬那样善良。左侧的包块像浇了化肥似的飞快地长着。到12月份时，左侧的脖子上像扣着一只铁碗，右侧也冒出一个鸡蛋大小的肿块来,眼皮也抬不起来,看东西也不清楚了。夜已经很深了,月光在雪地上无声地走着,赵德彬的心在空空的室内游荡。他睡不着:我的两个孩子都还那么小,我要是万一落个残疾什么的咋整？他想到了种种不测,但没有往癌症的方向想。第2天,他走过七八里的乡间雪地,怀着一个谜乘车去了吉林市中心医院。医院医生在他的左侧脖子上切了一个小口,说是给他做病理活检。他高高兴兴地回来对妻子说:医生说做活检,看来是活的,没啥事,过两天去看结果。

过了几天,他高高兴兴地领着女儿去了市内。在车上,他对女儿说:"去医院取完单子,爸就领你去买套新衣服,过年穿。"14岁的女儿在一大堆化验单中见到"赵德彬"3个字时跳着说:"爸爸,我找到了。快领我去买衣服呀。"他说:"乖孩子,给爸爸念念。"女儿老老实实一字一顿地念了。当女儿念到"诊断:淋巴转移癌,可能来自鼻咽部"时,他简直不敢相信自己的耳朵,他说:"你把诊断再念一遍。"女儿又大声念道:"淋巴转移癌,可能来自鼻炎部。"此刻,他的头像要炸裂般疼痛,他瘫坐在地上抱头大哭:"不可能!不可能!!……我孩子还小啊!……老天啊,你救救我!"

▶ 挺下去,办法总会有的 ◀

赵德彬已经记不清那一天是怎样和14岁的女儿从90里外的吉林回到家。

小孩不会撒谎,这是世界最美好的一面。赵德彬患癌的消息,从他女儿之口传到兄弟、亲友、乡邻的耳朵，亲友们一个个带着钱物来到他的家安慰他："赶快到大医院去看看，钱，我们给你凑。"

1992念1月，他拿着亲友凑的钱，来到了省城长春，为的是要一个准确的说法。白求恩医科大学的专家教授经过认真检查后坚定地告诉他的亲人：鼻炎癌，淋巴转移！必须马上手术。

在白医大二院住院期间，他听到了许多关于癌的故事和传说，他从病友那里知道淋巴癌是"切不尽"的。当脖子左侧做完肿瘤切除手术后，所有的钱已花个精光。一听说放疗还需3000多元时，他哭着对妻子说："迟早是要死的人，为什么为了我还要去连累那么多人呢。再说喽，到哪去偷也偷不出3000块来了。"因此，他偷偷地跑出了医院。

由于没有放疗，从长春回来后，他头痛得直想往墙上撞。情绪稍不稳定，他的脖子两边就像吹气球一样鼓出两个包来。不管是白天还是黑夜，他只要一闭上眼就能看到阴间无数身着白色衣裳的鬼魂在向自己招手。但每当他想到和妻子的田间劳作、和儿女的天伦之乐，他万分依恋人间的泪水就会情不自禁地从眼角溢出，浸湿枕巾……于是，他远赴天津，近赴本省外县，寻偏方，求名医……

一次次地抱着希望外出，一次次揣着失望而归，一次次因疼痛难忍而服药，一次次因服药后疼痛不减而闪过结束自己的念头——"生不如死，不如一死！"面对近万元的负债，亲友们一次次地对他劝说："赵德彬，你挺下去，办法总会有的！"

▶ 我现在只信得过赋新康了 ◀

1 年,2 年,3 年……时间在飞快地流逝着。赵德彬吃过的药有多重,有多少种,恐怕连他自己也说不清了。他不得不面对这样一个现实:上万元的支出,是一个自家难以堵上的天文数字;越治头越痛,越治肿瘤越大是挥不出的魔影。

1996 年 2 月,他的头上如扎满了尖锐的钢针,使人痛不欲生;他脖子上的肿瘤已使脖子不能转动。在这种万不得已的情况下,他决定去他信得过的军队医院——解放军 222 医院做放疗。

北国万物复苏的 4 月,赵德彬近将枯死的心冒出了嫩嫩的芽。正在他为花了 4000 元钱做了化疗但疗效并不明显而忧郁时,一条消息通过各种途径传入他的耳中:"三株"老板、中国微生态学会常委员吴炳新教授带领他的课题组,经过 10 多年的科研攻关、上千次的失败试验,耗费近百万元的临床试验,研制成功一种世界上最先进的抗肿瘤药物——三株赋新康, 他还听人说吴炳新教授原先也是一个肿瘤患者。他听说三株口服液不骗人,他相信赋新康也不会骗人。他赶紧求亲友凑够 400 元钱,他决心去"三株"做最后的一试。

他一来到吉林三株营销公司的门口,一位 20 多岁的姑娘就热情地上前来搀扶他。后来他听人说这位好姑娘叫赵小玲,是一位医科大学毕业的学生。赵小玲请他坐下,问明来意后,马上请省肿瘤医院在此长年义诊的李主任为他做了检查。医生告诉他,赋新康成本价每瓶 80 元、零售价 99.8 元,12 瓶一个疗程。他留出回家的路费,花 400 元买了 5 瓶。

5 瓶赋新康,他按医嘱喝了 12 天。"说来也怪,喝完这 5 瓶,头一点也不痛了,肿瘤也小得看不见形状了。我以为完完全全好了,干啥都没事了,就没接着去买。"科学是老老实实的学问,岂容人"偷工减料"? 8 月 2 日,他的头又开始痛了,他又想起赋新康来了——赵德彬说:"我现在只信得过赋新康了,别的什么药我都不会再去吃了。"他又去买了 5 瓶,一喝头又不痛了。实践教了他很多,这一次他没有间断:"快吃完时我又去买了 5 瓶,公司看我实在困难,在每瓶 80 元的成本价卖我的同时,还送我 2 瓶,好让我喝一个疗程。"

现在,赵德彬已赶走了头痛这个恶魔。我伸手摸他的脖子,在左侧没有摸到什么肿块,但右侧还有一个枣粒大的无痛包块。继续喝下去,右侧的能否消失? 赵德彬非常有信心。明年这个时候,我想再来这看看。

临别,赵德彬的夫妇抓住我的手说:"没什么送你们的,我们农村的白菜没施化肥,给你们扔几棵到车上吧。"我们谢绝了。车徐徐启动,赵德彬含着眼泪一路小跑地送着我们……

▶ 忘了纽约,也不能忘了王启明 ◀

《北京人在纽约》中的王启明,令人久久难忘。生活在吉林市的王启明,更是让我难以忘怀。

下午 2 时 10 分,我们敲响了新华小区 2 号楼 3 单元 4 层 43 号的房门。王启明不在家,他老伴开的门,知道我们来意后,他老伴说:"老头子在青年园练气功",我们径直驱车去了青年园。站在"癌友康复班"的气功练功场外,我在寻找年已80岁的王启明。怎么找,也没有我想象中的王启明。我问一位往气功场内走去的老者:"请问哪位是王启明?"老者告诉我,那位身高1米80左右,头戴黑色礼帽,身着青色西装的人就是王启明。等练完功时,我截住了王老先生。

王老红光满面,神采奕奕,白头发还不足1/3,走路时手中拿着拐杖纯粹是一种心理安慰。用王老的话来讲:"不拿老伴不高兴,怕我万一摔倒"。

王老上班时是沈铁吉林铁路局材料总厂的干部。今年4月下旬,他觉得全身发热发闷,右腹部自己能摸到一个鸡蛋大的肿块。因5月8日是他80岁的诞辰,亲戚都要从深圳等地赶来祝寿,为了不影响"气氛",他生日前没有去医院检查。

生日过了,客人走了,消停了,腹部也痛得不行了,不但睡不好,而且吃饭没有食欲,见到饭就恶心想吐,体重明显下降。家人送他往沈铁吉林医院一查:肝癌!!肿瘤直径已达6cm。可医生和家人对他说:"老年病,肝硬化。"

儿子把老人接回家,给他下了一道"指令"——什么都不要干,只管喝"赋新康"!1瓶,2瓶,3瓶……一口气喝了27瓶。当他喝到第10瓶时,他胸部就不闷了;喝完第14瓶,疼痛明显减轻;喝完第17瓶,疼痛消失;喝完第20瓶时,已有饥饿感,一餐能吃3两米饭了……加上参加康复学习班、练气功,身体越来越觉得有劲,身上的肉一天比一天多了起来。王老乐哈哈地告诉我:当时家里人瞒着我说是肝硬化,我心里比谁都明净,肯定是肝癌,但我一想是80岁的人了,无所谓了。咳,没想到马克思还是不太想我——9月10日去铁路医院复查,连医生都不大相信,AFP试验是阴性(AFP阳性是诊断肝癌的重要参数,作者注),B超检查也只能见一黄豆大包块了,医生用手根本就摸不着,用手按也不痛。

▶ 花瓶还有破碎时 ◀

近些天,我沿着王启明的足迹,从他所参加的康复班入手,顺藤摸瓜地寻访了一个又一个癌友。每一个服用过赋新康的人,对赋新康,对吴炳新和他手下的公司职员,都有说不完的感激。看来,赋新康是确确实实地为癌友们送去了希望了。

赋新康是一种高科技产品,在临床已做过成千上万例试验,并且在北京钓鱼台国宾馆通过了国家的科技鉴定。可至今仍有患者没有使用它来治疗疾病,不知是对癌症这一恶魔胆怯已久还是对征服癌症缺少信心, 是因为曾经上过虚假广告、假冒产品的当而存有余悸,还是家中实在无力支付购药费用,我们有些癌友仍在不知不觉中错失使用赋新康留住生命新曙光的良好机遇, 这与其说是个人的不幸,倒不如说是我们社会的一大遗憾!

最后,我想说,我们还必须面对一个事实,那就是科学还有许多未解之谜,医学只能治好30%左右的病人,有30%是无论如何也治不好的,还有30%是不治也会好的。对于癌症患者,绝大多数不是病死的,而是吓死的。因此,我们只要有积极的心态去面对,乐观地面对生活,你不吃赋新康,也许喝水也能好,关键是以愉快的心态去提高免疫力,从而提高战胜疾病的能力。

8▶

扶贫赤子

——记省政府办公厅扶贫工作队队长谢晚林

2004 年 3 月开始,"谢晚林"(湖南省政府办公厅秘书二处副处长,省政府办公厅保靖县拔茅村扶贫队长)三个字频频出现在各大新闻媒体。在阅读谢石先生在 2004 年 11 月 15 日《湖南日报》上刊发的《"政绩"要由人民来验收》后,我萌生采访谢晚林的念头。因为在我的印象里,谢石先生是湖南日报社求实严谨的编辑,是替百姓说真话的记者。真正离开长沙踏上采访之途,却在 2004 年年末那个飘着大雪的清晨。

▶ 不驯山水,让记者放弃暗访计划 ◀

谢晚林扶贫的保靖县于我并不陌生。我在南京大学读书的时候,在南大的图书馆里曾读过沈从文先生的《保靖》:"……河边有一个码头,长年停泊五六艘小木船……那河极美丽,流船也美丽。……"

在张家界市下了火车已是下午两点，我租了一辆绿色的捷达的士，直奔神往已久的保靖。司机从容地在蜿蜒曲折的盘山公路上驾驶，我却用手紧紧地抓着车门的扶手，不知是恐惧还是不能适应湘西的地理环境，一路上无心欣赏美丽的风景。我恶心、想吐、冒冷汗，胸口因心跳太快而有疼痛感，不得不一次次叫停，下车去呕完胃水再上路。在这种艰难的旅行中，我放弃了暗访的计划，终于通过朋友要来谢晚林在湘西的手机号码，拨通了他的电话，说出了自己的作家身份而隐去了记者的头衔。谢晚林从村里赶到县城的入城口拦下我的出租车，已是晚上6点。

"别说扶贫，到这来坐坐车都是遭罪。"面对身高一米七多体重只有100斤左右、清瘦却很有精神的谢晚林，我边握手边这样进行着一个"作家采风"的开场白。

"习惯了，就好了。"谢晚林的回话，就像他穿的没有商标的夹克衫，极普通，极简洁，没有空洞的寒暄。

不到十分钟的光景，谢晚林告诉我："到了。先吃饭，住城里。"

饭桌上，我有意向谢晚林赠送了我新近出版的长篇小说，以表明我是来采风的，不是来采访的，只想感受沈从文笔下美丽的山水。因为我不想正面访问一个新闻媒体报道了许多次的人物本人。

▶ 司机小梁："为了拔茅，谢处把脑袋系在裤腰带上跑路。" ◀

晚餐行将结束的时候，我向谢晚林请求："我第一次来保靖，想看看山城的夜景，您是大忙人我不打扰，想请梁师傅当导游，不知是否可以？"

"文人的浪漫，我们满足，但不准带他去娱乐场所。"

迎着习习寒风，我和梁师傅在夜色斑斓的小镇开始了对话——

"我看过一篇报道,说保靖县的彭县长在谢晚林的宿舍里撞见过他边打点滴边工作？他工作是不是很玩命？"

"谢处一来到保靖就交代我们,'要多做少说,只要你做了工作,老百姓心中自然有一杆秤',所以我们工作组的人都很玩命。"

"都很玩命,是什么意思？"我停下脚步,用目光认真地打量着穿着厚厚的大棉袄个子高大的他。

梁师傅沉思着。

"你尽管说,我是作家,喜欢听老百姓心灵深处的东西,听真家伙。"

"谢处一般不准我们对外说这些,但我崇拜作家,就吐吐苦水吧——我开了一二十年车了,从没像今年这么苦过,一年的时间,跑了81000公里。你想想,出租车司机三班倒一年才多少？我跑的是什么路？风风雨雨,弯弯曲曲,黑灯瞎火,有时候一跑就是一天一夜。那路是什么路,你坐过了。你坐的出租车只跑五六十公里的时速,从这里到拔茅村的路比你从张家界来的路要弯得多急得多,我跑多少：八十,甚至更快;都是为了赶时间,刚来到这里的时候,车一停下就恶心难受想吐又吐不出来。"说到这,梁师傅有些哽咽,他停了停继续说:"不过,我也理解,没办法,那都是为拔茅去跑市场,跑科技,跑资金,跑项目。"

我忙接过话:"在这样的路上跑那么快,那确实是玩命。"

"我不瞒您,我看着谢处他天天消瘦,我除了感动,心里痛呀,人心都是肉长的,为了拔茅,谢处把脑袋系在裤腰带上跑路,我还能说什么。我倒还好,车一停,就可闭眼休息了,可他呢,在车上都要不停地打电话,不停地想问题,不停在本子上记一些东西。他整天只能睡四个小时左右,他有时开玩笑说'真想生场病好好地睡它一天',可他真病了还是睡不下,由于太累了,他经常感冒,但他每次感冒都是边治疗边工作。就是在连续好几天为村民分鱼苗,手臂因在河水中浸泡太久而中毒红肿的时候,他也咬着牙忍着痛继续工作。跑船帮出身的村支书张成禹多次为他落泪呢,一次是他感冒时坚持工作,一次是他们走访农户时谢处摔了一跤,在验收总结会上,张支书舍不得谢处回长沙,他又落泪了。"

回到住宿的宾馆,看到 DVD 机和湘西电视台拍摄的"拔茅资料片",我知道是谢晚林亲自送来或嘱人送来的,为了让我了解拔茅的风土人情,这个小小的细节,让我心里很是感动,也通过这个细节,我感受到谢晚林工作的慎密和为人的诚恳。

▶ 队员粟利民:如果要我对他做个总结,那真的只有一句话—他心中时刻装着百姓,唯独没有自己。 ◀

吃过早饭,我乘坐扶贫工作队的便车赶往拔茅乡拔茅村"采风"。

过了碗米坡水电站,大约开了五分钟的光景,我的眼前突然亮了起来:整洁的水泥路面,耸立着错落有致的一排排贴着白色瓷砖的新房,新房中间,人群川流不息当我看着这片祥和景象充满迷惑时,队员粟利民告诉我:拔茅村到了,今天是赶集日,周边邻县的百姓都来拔茅村农贸市场做生意了。

车一停,谢晚林就说:"利民,你领作家到我床上先躺一会,缓一下,我先去山上看看。"

在昨晚的录像带里,拔茅村还是一个全国有名的贫困村,是一个全村芭茅草遍野、只有 4.8 亩水田、人均年纯收入不足 600 元的全国特困村,一夜之间成了美丽的小城镇,我倍感兴奋。工作队三名同志住在一起,谢晚林的床在最外头,我半躺在床上,单刀直入地问粟利民:"你们一来扶贫,这么穷的村一下子就富成这个样子,是不是你们省政府花钱搞的形象工程、政绩工程?"

粟利民掏出一支白沙烟点上:"如果我不是亲眼所见,不是身临其境,我也会和你一样的这样想。但我可以很自豪地告诉你,是我们解放了村民的思想,我们驻村后,没日没夜地工作,带领他们走上了一条因地制宜科学致富的快车道。谢处刚来时就和我们讲'扶贫,不是施舍,是培育一种精神,启迪一种思想。要让村民将要我富主动变成我要富,要让村民眼中的穷山恶水变成金山银水,让拔茅处处流金淌银'。"

我直直身子,套起了近乎:"老粟,可以讲点具体的事例吗?"

粟利民是个风趣而幽默的人,他滔滔而谈,向我讲述了一个又一个难忘却耐人寻味的故事——

在几年前,有几个城里人到这来玩,看到有两个人用一根粗木棒抬着一个动物样的东西忽悠忽悠地在山间行走,一个就问:"你们猜,他们抬的是什么?"大家猜开了,有的猜是野猪,有的猜是大山狼,有的猜是野羊,为验证到底是什么,他们抢步往前想看个究竟,才发现露出的是一双人的脚。他们不解地问:"老乡,这是啥?"

那老乡很镇静地说:"打死的小偷,抬到山里去埋。"那时,大家对法律是多么的无知,人情又是多么的淡薄。通过我们用远程教育对村民进行培训教育,今年全村没有一起打架斗殴和偷盗扒窃事件,2004 年 11 月,拔茅村被评为全省民主法治示范村。

粟利民换了一支烟点上:拔茅村被确定为周伯华省长的扶贫联系点是2003 年初。确定为扶贫点前,省里对该村搞过调研,调研归纳为四个 70%,即山上 70% 是"岩窝土",全村 70% 是移民户,村民 70% 是小学文化,产业结构70% 种的是玉米、红薯(每亩产值 300 元左右)。面对这种现状,我们遵照周伯华省长和省政府办公厅党组指示,"不搞政绩工程,不做表面文章,从实际出发,从长远出发,实实在在地为百姓办实事,办好事,把好事办好。"因此,我们确定的工作思路是:动员山上的人靠山吃山大搞种植业(种植水果、蔬菜和烤烟),山下的人靠水吃水搞养殖业(大力发展网箱养鱼)。

▶ 村支书张成禹:我代表全体村民,
向省长请求:把谢晚林队长再留一年,
他是一个实实在在的好干部,我们舍不得他呀! ◀

在四天的采访中,我的心中格外灿烂。

在午后的阳光里,我坐船来到酉水河岸一处风光秀美的地方。几座茅屋兀立眼前,我倍感奇怪:一个村的反差为什么这么大?

狗叫声中,鸡扑腾着,我犹豫着,一位男子向我走来。我粗粗地打量着他:四十多岁的样子,略显清瘦,浓浓的胡须衬托出刀削样的脸,敞开的西服下,极不协调地昭示着三件接近红色的毛衣。当我举起相机对着他时,他有几分女性般的羞涩:"莫照,莫照,不好看。"

在攀谈中,得知此人叫李小平,今天是他41周岁的生日,他的哥哥来这给他过生日了。他告诉我,他很羡慕拔茅乡更羡慕拔茅村。当我问及原因时,他说,他是二等残疾,是投奔拔茅来的,因为大家都知道拔茅来了个工作队长谢晚林,拔茅现在富得流油了。他递给我一支烟,看着锅里炖的鸡说:"进来坐坐,一块吃。"

在和李小平的交谈中得知,他是马王乡畔湖村的村民,是来为拔茅村的黄显仁打工的。黄显仁要发展水果业还要养鱼,这里就只好请他来照料了。李小平很自豪地告诉记者:他为黄显仁养着150多只鸡,9头猪2头牛,生活很充实,每月还能拿到三四百块钱的工资呢。当问及他认不认识谢晚林时,他连连说："认识，认识，好人，好人呢。他经常来这里，还常送些防病治病的药来。"

走进水果大王李自富的家门，是在太阳西下的时候，我心中却有一轮暖暖的太阳在升腾。

李自富家的偏厅里堆满了一箱箱的桂柑。我问他那么多柑子愁不愁卖不出。他高兴地说："不愁不愁，都是别人订好了的，过几天就上山来拉完了。"

"大叔，您家大概种了多少果木？"

李自富的妻子鲍贻珍不等丈夫问答就抢着道："160多亩。"

李自富老人等我接过他递的茶杯后喜笑颜开："我今年在山下盖了新房子。今年起码有5万元的纯收入，这一百多亩果木，六七年后就能一年收几十万了。"

他出门指着门前屋后漫山的果木说："现在，我们村把别的村子都带起来了。你看，那都是邻村的，他们要我教他们技术，答应给我30%的股份。我没要股份，但我一直在手把手地帮他们。"

"为什么不要股份？"我问。

"看您这个同志说的，我们是工作队的同志请专家来免费教会的，我怎么可以收别人的呢？乡里乡亲的。"

在要告别李自富家的时候，我说"叔叔婶婶们，你们夸谢晚林他们工作组这也好那也好，他们就没有要改进的？"

"他不理解我们，我们土家族人请他吃饭，不管什么时候，他都不吃，他不知道吃我们的饭是看得起我们呀。"

我笑着说："你多理解吧，这是制度，你把他当当年的八路军看就行了。"

在我的采访活动中，乡长刘拥军和书记唐水生曾多次夸奖他们还有一个好村支书——张成禹：张成禹是"山上摘金子，水中捞银子，家里捞票子"的忠实践行者和强力推广者。

见到张成禹，我问："山上种果树赚钱，家里养猪养鸡赚钱，我都好理解，水里能捞到多少银子呢？"他笑哈哈地说："拔茅 2000 亩水面比 2700 亩山地产生的经济效益大得多。在我们这里有一句口头禅'一口网箱脱穷，二口网箱致富，三口网箱奔小康'。"张成禹告诉我，每口网箱加鱼苗成本不到两千元，但每口网箱一年的纯利润可达一万元。在算了经济账后，村民向长元一个人就投放 100 口网箱。

▶ 记者：如果他是村长，我愿作他的村民！ ◀

在我行将结束拔茅之行的时候，有幸目睹了这么一幕：一位穿粉青色西服、棕色皮鞋、红色羊毛衫的中年男子匆匆赶来，他递给谢晚林一份报告：他再种 10 亩果树，请求工作队支持。

只见谢晚林接过纸，在那报告上写道："年底了，工作队的项目资金已用完，你的精神十分可嘉，工作队个人支持你一份心意，你要做示范户，要带领大家致富。"说完，谢晚林将口袋中仅有 600 元掏了出来，在场的粟利民见状也掏出 400 元。

那人接过 1000 元钱，竖起大拇指，然后在那纸上写道："我一定会做出个样来给你们看，请放心。"

在从拔茅村去县城的路上，工作队的同志告诉我：那个哑巴叫刘长生，是村里的一个文化人，初中毕业，现在在自学大专课程，他订的科普期刊和生活杂志就有近 20 种，妻子因迷信跟着别的男人跑了。这样的人，只要适当地支持与鼓励，是完全可以富起来成为带领大家的榜样的。

从湘西回来已有些时日，得知谢晚林一行完成工作任务从拔茅撤回长沙时，当地送行的百姓绵延好几里路。我在想：如果他是村长，我愿作他的村民！

9.▶

迷人的绿

我向往绿色。

我十七岁踏上北国的土地,每年有二百多个日日夜夜,周身浸润于冷冽的寒风,满目拥抱着刺骨的冰雪,除了少许的清晨在玉树琼花、冰清玉洁的树挂中拥有一份惊喜的心情,更多的时候是漂泊他乡的心酸。北方漫长的冬天,给我坚强的忍耐,也给了我律动的渴望。我渴望一望无际的银色地面,有绿色的葱芽冲过冰钻过雪,给我以惊喜;我渴望伟岸挺拔的排排白杨,披着神话的衣裳在一夜间染绿大地,给我以希望;我渴望,我渴望!我渴望绿色永远永远留在大地,留在人间,因为那是生命,那是青春,那是希望……

1999年12月8日,当绿色的巨龙载着我穿过稠密的黑色夜幕,滑过柔软的绿色大地,披着淡淡的玫瑰红抵达衡阳火车站的时候,我的思绪还徘徊在对绿色的无尽遐想中。直到空军衡阳飞行气象团的卫生队长欧阳新华在车厢握住我的手,我才恍然想起此次去衡阳,是接受杂志社的安排去采访肖激文的。

肖激文与我是既熟悉又陌生。之所以说熟悉,是因为我曾经不止一次在

《解放军报》上读到过他的事迹,知道他是有一定知名度的药学专家和管理行家。说陌生,是因为在此之前未曾见过其人。

衡阳,是湖南省除省会长沙以外人口最多的城市,是中国历朝历代兵家必争之地,是贯通祖国南北的铁路枢纽。欧阳新华驾着车慢慢在市内行驶。他得知我是来采访肖激文时很兴奋地对我说:"那人我认识,是169(医院)的药械科主任。那人口碑不错,据说去年底任职考评得了97分的高分,今年晋升专业技术职务考试专业理论又得了一个全军区第一。"

大约行驶了二十多分钟的样子,车就到了解放军169医院大门口。169医院是广州军区的一所中心医院,它1947年创建于吉林通化,是一所集医疗、保健、教学、科研于一体的三级甲等医院,在军内外享有较高的声誉。白色的建筑楼群,笔直翠绿的大树,婆娑葱郁的灌木,绵延多情的青草,在零星的几朵小花点缀下,构成冬日里一幅美妙的风影画卷。面对169医院,我想说,这是一个孕育生命的摇篮,是一个送走死亡和痛苦,奉献新生与欢乐的圣地,是一座远离肮脏与丑恶,拥抱圣洁和善美的明媚世界。

"面对肖激文,我总觉得我是在面对一位圣人,面对一份崇高。"在医院的大门口,放射科主管技师黄建军如是说。

"肖主任最让我佩服的是他的敬业精神和人格力量。"在医院机关大楼,财务助理刘中华动情地对我说。

"肖主任不是一般的人,他是个能人。"药械科平时不多言语的徐山药师这样评价他的顶头上司。

为了获得比较真实的一手材料,我没有直接去找肖主任,还是打了一个侧面包抄战术。

从门诊的二楼,走过富有艺术律动感的S型雨廊,我便到了住院大楼的二楼。从二楼的中部顺着平整的斜坡下到一层,稍稍右拐,再往前走,就是拥有 11 个工作室 56 名工作人员的药械科了。药械科副主任刘银生热情地接待了我。他边给我递滚烫的茶杯边招呼说:"主任去办事了,马上就会回来,你等一下。"

借着等待的时机,我在采访本上摘录了肖激文的有关资料——

肖激文,男,1949 年元月生于湖南省洪江市一个普通工人家庭。1966 年 8 月初中毕业,被解放军军事学校录取入伍;1977 年,毕业于江西中医学院药学系七四级药学专业,大专文化;现任中国人民解放军第 169 医院药械科主任、副主任医师。从 1982 年至今,先后有 49 篇高质量的学术论文在《中国药学杂志》《中国临床药理学杂志》《中国医院药学杂志》等国家一级杂志发表,其中有 16 篇是在国家自然科学核心期刊《中国药学杂志》上发表的;在《国外医学·合成抗生素分册》《国外药学·合成药·生化药·制剂分册》等 7 家学术杂志发表药学译文 46 篇;并有 18 篇高水准的学术论文被世界权威性学术刊物《美国化学文摘》《英国分析文摘》《俄罗斯化学文摘》及国内重要学术资料《中国药学年鉴》《中国药学文摘》《中国医药卫生学术文库》收录;《西苯唑啉的药理研究及临床应用》就是一篇最早全面地把抗心律失常新药西苯唑啉介绍给国内药届的专题论著。他作为第一研究者获得的军队科研进步奖就有五项,其中《复方洗必泰耳膜剂的研制与应用》,包括解放军耳鼻喉研究所所长、中华耳鼻喉科学会主任委员姜泗长教授在内地的 14 位专家一致鉴定为国内首创。

提干以来,肖激文先后 12 次受到广州军区后勤第 19 分部(以下简称 19 分部)和医院的嘉奖,8 次被 19 分部和医院评委优秀共产党员,2 次被评为先进个人,2 次荣立三等功,2 次提前晋职;1990 年 8 月被评为广州军区优秀中青年科技工作者,1992 年 8 月被 19 分部评为先进科技工作者,1997 年 10 月被 10 分部评为后勤管理"好当家",1998 年 2 月被评为广州军区药材工作先进个人,1998 年 2 月荣立三等功,1998 年 12 月由专业技术 7 级晋升为 6 级（正师级待遇）。

从 1986 年至今,《解放军报》《战士报》《衡阳日报》《郴州日报》《中国卫生信息报》《家庭医生报》《大众卫生报》《医药信息报》《信息快报》等 10 多家新闻媒体对肖激文的爱岗敬业、严以律己、无私奉献的精神予以宣传报道。他个人的有关材料被收录入《世界名人录》《中国药学家词典》《中国当代医药届名人录》《中国名医名术大全》《中华之魂》等多部典籍。

我对肖激文面对面的采访,还是从那醉人的绿开始的。当刘银生向我介绍"这就是肖主任"时,我条件反射般地认真地从头到脚地打量起他来:一头标准的军人短发,两鬓的黑发中夹杂着少许白发,鼻梁上架着一副极普通的塑料镜框眼镜,平实而宽厚的肩膀,旧而褪色的军衣,让人在初识中便看到绿色的重叠。我握着肖主任的手,望着他身上的绿色军装,很真诚地说:"你是老兵,我是新兵,我是去年才脱下军装的,我只在部队干了 15 年。"

或许是我曾当过兵,或许是肖主任经历过太多的采访,我们的交谈犹如绿色山野中欢快的小溪。我的心在小溪中滋润,在小溪中明亮。

肖激文出生在一个盛产绿色的地方——洪江市,世界粮食之父袁隆平的杂交水稻研究的起始地。肖激文的家坐落在洪江市老鸦山下,那是沅江与巫水汇合处,那里的民风古朴,那里的天空湛蓝,那里的山峦翠绿,那里的水波白里透着绿。童年,他常常望着绿色的水波、绿色的山峦、绿色的原野发出感慨:绿色真好,它能让我吃,能让我长大。儿时,他渴望,渴望着与绿色永不分离,企盼着长大了,用绿色去书写崇高与伟大。1966 年 8 月初中毕业时,一张极具诱惑力的录取通知书飞入了他的生活他的梦想,他在亢奋难眠的火红的 8 月步入了解放军军事学校的校门。1966 年,是一个红旗如海的时代,是一个狂热时代的开始。也正是在那个时代,肖激文的人生才得以真正经历一种洗礼,经历一种磨砺,一种刻骨铭心的感受。如果说从 1966 年至 1967 年的"文革"是一场灾难一场浩劫,那么,正是经历过那场浩劫的人们用十倍于过去的热情在珍惜生命、珍爱生活,尽力避免着灾难的重演。由于那场浩劫,肖激文没有在军事学校读一天书就被安排去了在醴陵县的解放军 169 医院(肺结核专科医院),就读于医院办的半工半读的护训队。在护训队的 2 年里,他有整整一年半的时间是在给抗美援朝下来的老病号洗衣、叠被、擦澡、端饭、倒痰盂。30 多年过去了,病号的身影一个个淡去,革命造反派端着冲锋枪互相扫射时的喊声、杀声却依然回荡在他的脑海里,激励他珍惜和平环境,努力工作,刻苦自学。好在那时军营没有乱,使得肖激文 1968 年如期毕业,1969 年正式穿上绿色的军装。虽然干的是护士,却在药房工作(专业术语为司药员)。1974 年 12 月,肖激文被群众推荐、领导审核通过后,进入江西中医学院药学系药学专业学习,才有机会像绿叶忘我地吮吸着阳光一样,他贪婪地在绿色的知识海洋里汲取药学理论的养分。

正是因为有了肖激文三年里忘我的潜心学习,各项考试均是第一名,才有了他 1977 年 12 月再次投身绿色而迷人的药学海洋。那绿绿的三七叶,曾是他痴迷的向往。

当记者向肖激文提到如何看待药品的回扣和医药领域的不正之风时,肖激文心平气和地说:"这确实是一个十分敏感的问题。部队医院比地方医院要好一些,老百姓要满意一些。但只要提到药,人们自然而然地与暴利、回扣、假药等字眼产生这样那样的联想。"肖激文说:"我们一直重视狠抓药品质量,严禁药房工作成员利用职业谋取个人好处。如果我们不把药品行业购销中的不正之风当大事来抓,就不会有我们医院几百个药品价格的大幅下降。"在和肖激的文采访中,记者了解到,肖激文是长子,父亲瘫痪,母亲常年有病,父母的生活费及治疗费,几乎全部依靠每月三百元的退休费。弟弟因单位不景气下岗待业,妹妹所在工厂倒闭。按常人的观点,1990年任副主任、1995年任主任的他,多多少少能利用工作之便为家庭为亲人做点"贡献"的,但肖激文在这一点上却是十分"绝情"。弟弟怀揣着希望,穿着因长途跋涉被汗水浸透的衣裳,顶着蒙蒙夜色来敲他的家门,希望哥哥能给他一个依托绿色药片改变家境的生财之道时,肖激文硬是很不讲"情理"地拒绝了。妻兄来信说,想为益阳制药厂推销药品赚点钱,也被肖激文婉言拒绝了。

肖激文和世界上的芸芸众生一样,懂得钱的重要,知道生活离不开钱,因为他有过无钱的窘迫,有过苦难的少年。在1964年以前,家中6口人,唯一的经济来源是父亲每月33.5元的薪水,他上高中靠的是助学金。他对我说,他上中学时很是羡慕在校寄宿寄餐的同学,可家里就是交不起每月6元的费用。穷人家出身的肖激文从小就很懂事,六七岁起就开始去外婆家砍柴,然后将柴运到小城,以减轻家中的一点负担。上中小学时,他每天一大早爬起来就去拣煤渣卖;没有拖鞋穿,他就自己动手用木板做;那时,一年到头能吃上一二餐肉就满足了。至今还有一些老首长笑他是裤衩兵,从懂事到当兵,肖激文只穿过2件新衣。1966年去当兵,是穿着一条短裤一件背心上路的。肖激文在入伍前没吃过苹果,因此,他不会忘记,当兵二年后,一位老乡战友回家探亲,肖激文托他带给家里的礼物是5个苹果;肖激文还清楚地记得,那时的苹果是三毛六一斤。当然,肖激文更清楚地懂得,来路不正的钱,就像吞噬人的灵魂和性命的魔鬼,北京的王宝森、湖南的宋焕威、张德元就是很好的例子。关于收受钱财,169医院药械科的很多同志都不会忘记肖主任多次给他们讲的那个典故:从前,有一个县官，为官清廉、办案公正，关心百姓疾苦，但特别喜欢吃鱼。许多官吏和百姓闻之，纷纷给他送鱼，可任何人送的鱼他都不肯收。有人不解，便问：好之，为何不受？答曰：正因为我喜欢吃鱼，所以不能收。那人不解，追问之：为何？答曰：现在，我尚有这个小小的官位，有俸禄，还有能力买得起鱼；如果我收下他人的鱼，我就会一点点地变质，就可能失去今日的地位，到时没有官位就不再会有人给我送鱼了，而我又没有了官职俸禄，拿什么买鱼呢？

肖主任用右手抚摸了一下眼镜，微笑着对我说："我们的许多干部，本来可以靠工资收入过上小康的日子，可一贪呢，翻船，小康日子过不上了不说，还要蹲班房。人啊，还是不贪为好，不贪为福。"肖主任停了停又说："我和爱人的收入，加在一起每月有三千；吃，花不了多少钱；穿，平时基本穿军装，穿衣也花不了几个钱；只有一个小孩上学，靠正当收入过小康也没多大问题，为生不带来死不带去的钱去冒险去犯法，我觉得不值。"

在我采访肖主任之前，我的一位朋友——长沙某医药公司的曾经理对我说："我曾给肖主任送去一千块钱，肖主任不仅没要还批评了我。肖主任没抽过我一支烟，却给我倒过不少次的茶。"在采访的过程中，我碰上有一个给肖主任送礼的，他收下了，那是一个药厂送给他的一张年历，一面是 2000 年的年历，一面是厂家所产药品的广告宣传。在肖主任收下这张年历的时候，我的心头为之一热——肖主任并非不食人间烟火，并不是清高孤傲、不给人面子的人，只是他做事有自己的准则罢了。

肖激文的工作准则，可以归纳为"自律与慎独"。在 169 医院郴州分院，至今仍然保留着肖激文 1995 年在那担任药械科主任时悬挂在办公室外的"九不"《自律告示》，即不与个体和集体药商建立购药关系；不与亲朋好友发生业务往来；不收受回扣、礼品和礼金；不接受与购药业务有关的宴请——1997 年春节前的一天，一位广东来的药品推销商得知郴州分院的复方氨基酸用量较大，便找到肖激文以每瓶10元回扣的条件推销该药品。他听后不语，将手指向墙上。推销商见到"自律告示"便知趣而退了。后来，肖激文直接与厂家联系进货，仅此一项，就为医院节省开支10多万元。

"肖主任，您拒请过多少次，拒收过多少红包，有没有过统计？"我问。

"我从来没有去做过这些无聊的统计。小刘，如你一定要写我，可以，但千万不能有半点的拔高，一就是一，二就是二，我只是一名普普通通的军人，只是做了我应该做的而已。"科室的同事告诉我："他要想吃，天天可以把嘴挂在饭店；只要想要，一年收个万把块是没问题的；但肖主任确确实实不去吃别然的饭，不收别人的钱。"

在我的案头，有一封湖南某地级市药材公司写给肖激文的业务书信，原文如下（为确保真实性，下文只隐去了单位名称和写信人姓名，未对语法修辞之错误进行更正）——

肖激文同志：

您好：本月先后两次来到贵院联系推销医药营销业务问题。承蒙肖主任和何同志两位热情接待，今仍来信再次希望推销成功。总之，对双方都有一定的'实惠'，对您本人的'实惠'问题，请百分百放心，绝无差错。只要贵院不出现差错问题，可绝对放心无虑。

（一）我公司系国家正规医药单位，供销中、西、成药，药品质量绝对保证，我方负责到底。

（二）除公开优惠价格外，对您本人优惠让利部分可以承付现金给您本人，该让利只您和我单位联系，不再第三人知晓。如果您考虑收现金不妥的话，也可以采取其他方法承付报酬给您。总的看您意下如何？我方照办。望能合作成功愉快。

　　致此

敬礼

愚业务员某某　（单位公章）

　　肖激文从药械科副主任升任主任四年多来，负责采购了价值数千万元药品和医疗器械，但没有一次进货高于市场价，也没有一次伪劣产品。成绩后面，是他心中装着绿色的信念，一次次拒绝了诸如以上信中的诱惑：看淡金钱！

　　在工作中，肖激文除了有"自律九条"外，他还有"戒律6条"：即，戒铺张浪费，戒滥用职权，戒以药谋生，戒违章犯规，戒大手大脚，戒胸中无数。"浪费就是渎职"，这是肖激文常告诫自己的一句话，更是他的座右铭。为了避免库房出现积压和浪费，他督促仓库保管员每月自查一次，自己每季度检查一次，并对每个品种都规定了最高和最低库存量，采购药品和器械提前列出计划，采取多批次少数量的进货方式以避免积压。针对库房易出现的薄弱环节，他还设计了一张科学实用美观的《有效期药品一览表》悬挂在仓库内，使大家能对库存药品的有效期一目了然，心中有数。五年来，医院采购了上千万元的药品，没浪费过一片一支，多次受到军区和分部检查组的高度评价。

　　在有些人眼里，药房是绿色山峰下的金矿，药械科的人是手握金钥匙的门神，应该被人捧着敬着。而在肖激文的眼里，药械科是一个完全彻底的服务科室。因此，在他制定的"承诺十条"中有这么一条：对科室提出的问题，24小时内必须给于解决或答复，一时解决不了的，要说明原因，尽快解决。在郴州分院时，B超室需要一台照相机，他从请示到买回相机，前后不到24小时就办妥了;内科需要一次性输液吊筒200个,他迅速联系,当天就送到内科。写到这里,我不禁想说,如果说我们的地方企业、人事单位的工作人员都能像肖激文那样用军人的作风去办事,机构就不会那么臃肿,工作效率就会大大提高。因此,从某种意义上来说,办事拖拉、踢皮球等等,是一种人格不健康,是一种被人忽略的腐败!

健康的人格、高尚的人生,是与奉献分不开的。肖激文是1995年12月从衡阳调郴州分院,1999年元月因政绩突出又从郴州分院调回169医院的,肖激文在分院的日子,一家三口分居三地,妻子在衡阳169医院担任党委常委、护理部主任,工作很忙,还要照顾80多岁的老母亲;女儿在外读书;所以,一家三口都不能相互照顾,加上医院住房紧张,他一直未分到合适的住房,仍吃食堂住单间,生活多有不便。但他不计个人得失,克服困难,一心扑在工作上。他以科为家,经常加班加点。为了事业,他舍小家为大家,三年多来,只休了四天探亲假,且每一个中秋节都是在医院度过的。一九九七年盛夏,肖激文从郴州到衡阳进货,顺便到家看看妻子,晚上十点钟在家洗澡时,洗漱池意外倒塌,白色的瓷盆毫不留情地砸在了他的左脚踝关节。晚上11点,他被推进手术室,次日凌晨1时许手术结束。妻子劝他住院伤好后再走,可他早晨6点就乘送货车离开了衡阳,并于当日挂着拐杖出现在科室里。

1997年5月,他老家发了一次百年不遇的洪水,全市绝大部分的房子被洪水淹没,全家被困水中一天。洪水退去后,家里来电话要他回去料理。他也渴望回去看看故乡的绿山,看看年迈的父母,但部队要参加抗洪救灾,医院的科室无人不忙啊,他无暇抽身前往,只好挂电话给家里,请求被大水蹂躏的故乡山野原谅,请求饱受洪水侵袭之苦的亲人原谅。

肖激文对绿色军营的热爱,对绿色药房的热爱,曾给他以惊人的毅力和能量。夜深了,他还在实验室,在办公桌前细心研读医药学著作。他发表的学术论文,除了少量的是和他人合作的以外,绝大多数的文章署名只有他一个作者。天热了,酷暑难熬,他一边扇着扇子一边啃着大部头外文书。虽然他发表的译文只有 40 多篇,可他翻译的资料却多达 400 万字。他终日勤学苦练,忘我工作,疲劳交加。有时,他很想像青年的学生一样到屋前绿色的草坪上躺一躺;有时,他很想如休闲的人一般到院外绿色的山林中去呼吸一下清新淡雅的空气。可是,他不能,他要做的事实在太多太多,他要看的书太多太多,可人的生命又是多么的短暂!正是他利用了病床上打点滴的时间看书,用别人午休的时间工作撰写学术论文,才有这一顶顶桂冠,和那上百篇学术论文和一项项科研成果奖。每每谈到成绩,肖激文总是情不自禁地说:"除了我的成绩,领导的支持,同志们的帮助,我的成绩里有一大半要归功于刘杰(肖激文妻子)。我几乎每晚 2 点来钟才睡,刘杰总是早晨七点半准时叫醒我。我起床时,她早已为我挤好了牙膏,做好了早点。"

远山的绿色被天边的晚霞染红,我握别肖激文和一个个军营汉子的手。车缓缓驶离绿色军营,绿色的人海,驶向市内,驶向车站……久久,久久,绿色在我的周身一点点弥散,慢慢地覆盖我的视线,送给我一个迷人的世界。

10.

枝繁叶茂仍有节　入凌云处尚虚心

——访中国医院药学专业委员会副主任委员李焕德

▶ "做人不仅要有才气，更要有骨气有志气，
　　像竹子那样，虚心、有节。" ◀

　　2005 年 3 月 12 日，中国人不会忘记，因为这一天是植树节；这一天，长沙人难以忘却——这一天长沙的大雪是十年来少有的，南方人在自己的城市真正领略到了玉树琼花的壮观；这一天，对于我们三位记者来说是倍感欣慰和温暖的，因为在这天，记者采访了中国医院药学专业委员会副主任委员、中南大学药学院副院长李焕德教授，真正近距离地感受到什么是一个先进中共党员的风采，什么是一个现代知识分子应具的美德，什么是一个学科带头人应有的情怀！

2005 年 3 月 14 日,在通程国际大酒店的 6 楼茶室,如约前来继续接受采访的李焕德博导坐定,记者便开门见山道:"全国'两会'虽已结束,但'先进性教育'刚刚开始,您在 2004 获得了我国的中华医学奖,作为湘雅二医院的药剂科主任,如何在药事工作中保持共产党员的先进性?如何最大限度地维护广大患者的利益?"

李焕德主任用右手理了理稠密的头发,沉思片刻道:"结合我的工作来讲,根本的一点是对党的事业的忠诚,真正地把党和人民给予的权力落实到为人民,抛开'电话''条子''人情',将病人急需的经济上能够承受的优质药品引进课堂,引进药房。"在 3 月 12 日至 15 日的广泛采访中,每一个采访对象都深有感触地说:"在药剂科主任的岗位上,要保持共产党员的先进性,要真正做到顶住'人情'与'关系',真正维护广大患者的利益,那不是一件易事:李主任确实做到了,所以我们佩服他。"

面对同事的赞誉,52 岁的李焕德教授动情地说:我是从山村里走出来的苦孩子,是党给了我今天;我吃的每粒粮食都是百姓生产的;我如果不摆正位置,如果不以病人的利益为第一,坐不稳这把椅子是次要的,最重要的是对不起自己的良心。在通程大酒店迷人的灯光下,李焕德教授无数次地抚摸着眼镜吐露自己的心声:"做人不仅要有才气,更要有骨气有志气,像竹子那样,虚心、有节。"

当得知记者一生最爱竹时,颇有同感的李教授颇为自豪:他出生的小山村叫白竹山,家的对面是一座高山,山上长满了青青翠竹,竹子的节节向上,是他人生的导引;山脚是成片的梯田,田间葱笼的麦苗和金黄的稻穗,是他见过的最迷人的风景;房前是一条流向湘江和资江的小溪,蜿蜒前行的溪流,是他喝过的最甜的泉水;在这竹山辛勤劳作的双亲,是他一生处世做人的楷模。

▶ 在李焕德成长的道路上，
有过阳光雨露，也有过阴霾风霜 ◀

李焕德的父亲从出生的那一天就沐浴着"竹"的气息，并传播着竹的品格。从 1949 年起，他的父亲在村支书的岗位一干就是近 40 年，在中国最小的"官"位上努力塑造着大写的人：他记不清也数不尽乡亲们对父亲的感激与父亲对山村的奉献，他只知道在每一个农田缺水的时节，父亲夜夜在山脚巡逻，以确保"救命水"进入"救命田"；在社会物欲横流的岁月，是父亲和守林员一道夜以继日地看护那片绿色的森林。

面对记者的采访，村民们对老支书"买炸药"的事记忆犹新。为了改变村里没电的历史，村民决定修一座村用小型水电站。可不懂化学的老乡们把雷管、炸药统统放在一个破庙里，而庙里又事先堆放了刚刚出窑的石灰，看到石灰冒烟时，许多村民吓呆了，是老支书置之生死于度外，第一个冲进去抢出了雷管和炸药，才避免了一场灾难的发生。李德焕教授说，父亲在给予他慈爱的同时，父亲的人格魅力也给了他战胜困难和挫折的信心和勇气。

在李焕德成长的道路上，有过阳光雨露，也有过阴霾风霜，正如春笋必须经历土石的重压风雪的洗礼。李焕德家乡的老村民告诉记者，"德伢子"的孩提时代是在苦水里泡大的。在 1970 年到湖南中医学院卫校读书前，"德伢子"是一个心灵手巧诚恳踏实的好孩子。村民现在都在夸"德伢子"有出息，11 岁就敢 1 个人走 10 多里山路去读高小（高小学制为 2 年，即小学五、六年级—笔者

注），开始过独立的生活。

医大毕业的儿子李新听腻了李焕德唠叨了不知多少遍的教训：你还不吃肥肉呢？在1960年时，有时半年吃不上肉，有一块肥肉，也要炸油，三姐妹上桌后第一件事是看谁先在菜中能幸运地找到那块小小的油渣。

在对李焕德教授的采访中，他向我解开了一个同事们几年来没有解开的谜。一次，他领着药剂科的10多个同事去广州出差，大家都吵着要上"地瓜煮饭"，他听着听着流出了两滴眼泪，把大家搞得不知所措。李教授说："现在的年轻人，真的很难理解我那种感觉，我想起地瓜就心酸，就想哭……那时是没有什么东西可吃的，吃一餐像样的饭是过年才有的奢望，现在什么都有得吃了，把地瓜煮饭作为一种调剂，我的父母一辈子吃尽了苦。"

▶ 竹山给了他大自然的感悟和不屈精神，他对知识有强烈的渴望和很强的领悟能力。 ◀

也许是李焕德年少时经历了太多的苦难和清贫，也许是李焕德从山村的贫穷和父亲的一生中读懂了勤劳，也许是竹山给了他大自然的感悟和不屈精神，他对知识有着强烈的渴望和很强的领悟能力。

李焕德在采访中不止一次地流露出一种遗憾，一种寄希望于儿子去完成的心愿，那就是拿到博士学位。身为博导的李焕德教授自己却无硕士学位，在他这个年龄段来讲可谓是一道独特的风景。

1970年我国恢复招生，李焕德就以优异成绩考入了湖南中医药学院附属卫校。入校一年后,他就以出色的表现留在了"中医附一院"药剂科。在此工作不到半年,由于越南、柬埔寨战事吃紧,许多越南兵要转入湘雅二医院治疗,他于 1972 年被组织调到湘雅二医院中药房。来到规模更大的医院后,他深知自己肩上的担子更重了,因为他这个"文革"期间的初中生到底有多少本事,他自己再清楚不过了,这里又是人才济济的地方呀。因此,在 1972 年-1977 年的 5年里,他费尽周折搞到了一张湖南图书馆的借书证,每个节假日都在图书馆如饥似渴地啃书本,在别人闲谈和玩扑克的时间里,他关起门来汲取着知识的营养。他的刻苦好学,终于感动了一些钟情于知识的领导,1977 年他被保送到了颇有名气的南京药科大学,在南京药大的几年里,他年年都是"三好学生"。

当笔者问及有没有想过去读研时,李焕德教授微笑着说:"怎么没想呢? 直到现在,我还经常做梦,梦见自己在读博士,在做答辩。我经常对我儿子说,你无论如何要把博士拿到手,圆了我的梦。"随后,李焕德给我讲述了他痛失读研机会的经过——刚开始时因毕业未满 2 年不让考,当满了 2 年时老婆生了孩子又脱不开身,孩子大一点时工作的担子又压得你走不开。直到 1997 年的时候还想去读硕士,然后接着读博士;可当他拿到了湖南中医学院的硕士录取通知书去找院长时, 院长的一席话让他不得不断了读研的念头:"你身为湖南医大的教授,又带硕士生,你跑到中医学院读硕士你的研究生怎么办? 文凭是一方面,能力是更重要的一方面。你还是放弃算了吧。"

一个没有进过研究生大门的人要成为一个让人敬佩的导师, 必须在名分之外付出比获得名分更大的努力,必须凭自己的实力征服自己的学生。读过研究生的人都知道,学生用外文写的论文,导师必须用外文进行批改,这就要求导师的外文水平必须"过关"。李焕德这种能力的积累在 1982 年就开始了,那一年,他这个回炉的"工农兵大学生"和湖南医大的学生一起学习《基础医学》

《医学英语》，只学过药学英语的他，竟然在 3 个月的时间里将 3 本英语书背了下来！为提高批改"英语论文"的能力，他从《国外医学·精神病学分册》杂志主编、精神卫生研究所左成业教授手中借来了大量的原版《精神病学杂志》，从写英文摘要一步步向写综述过渡。

凭着竹子般不屈的精神，他不仅攻克了英语阅读写作关，而且在专业上树起了一座座丰碑。不说他 1998 年破格晋升正高时发表了 100 多篇相当有影响的学术论文，也不说他是国家新药评审委员，更不用说他是国家医院药学专业委员会副主任委员等一系列显赫的头衔，我只想说他领导的"全国第一家"——湖南毒物咨询中心，成功地参与抢救了全国几千例中毒患者；他撰写的《急性中毒的毒物分析与诊疗》填补了国际空白；人民卫生出版社在接到《解毒药物治疗学》手稿 4 个月后便让书走向了读者并多次印刷；不久前，全国人大副委员长吴阶平将药学领域的最高奖——保罗·杨森医药研究奖授予了他……

面对鲜花与掌声，李焕德首先想到的是他的领导、教师和同事，他说："没有左成业教授的精心辅导和严格要求，就没有我今天的英语水平；没有许树梧教授的谆谆教导和他待人的平等真诚，也许我在几年前遭遇挫折时就离开了湖南去了沿海；在陈孝治教授手下当副手的那几年，是我一生中最辉煌的日子；而今，赵储元副主任对工作的认真负责和爱岗敬业，在很大程度上支持了我的事业……"

▶ "为了钱不管百姓死活的人,不管是药厂厂长也好,
　医院药剂科主任也好,让他死 100 次也不过分!
　　　因为他们是杀人不用刀呀。" ◀

　　2002 年 4 月,湖南省药监局和卫生厅联合举行"不良反应"新闻发布会,李焕德匆匆从上海赶回长沙,面对到会记者,身为湖南省不良反应专家委员会成员的他语出惊人:"有些事情,新闻媒体也是有责任的,一味地宣传药品降价,老百姓推着车子去买药,药买多了,保管不善、受潮过期失效,吃坏了怎么会没不良反应,饭吃多了还撑着呢,更何况是药三分毒……"在和笔者的长谈中,李教授再一次表现了坦荡荡的竹子性格:政府降低药价是好事,但降价不能一刀切,本来一瓶药 100 片才几块钱,你也要降价,企业怎么活? 企业研制新药、后续发展不靠利润靠什么? 到头来如果企业垮了,不生产了,吃亏的还是老百姓。

　　在谈到医院药学发展现状和医院药学管理人员队伍时,身为中南大学药学院副院长、中国民院药学的一个学科带头人、湘雅二医院药剂科主任的李焕德更是忧心如焚:不知是出于什么动机,也不管是由于什么原因,现在相当多的医院,甚至有些大医院,药剂科主任却不是学药学专业的,不懂药,更不懂得医院药学学科应该怎么发展,难道这还是一个好事不成? 久而久之学科不垮才怪呢! 在谈到"苏丹红""梅花 K"和"医药代表事件"时,李焕德教授咬牙切齿地说:"为了钱不管百姓死活的人,不管是药厂厂长也好,医院药剂科主任也好,让他死 100 次也不过分! 因为他们是杀人不用刀呀。"

在湘雅二医院深入采访后得知，在有些医院，有些人为了爬上药剂科主任之位，拉帮结伙花钱买票弄虚作假，真可谓不择手段！令人欣慰的是，李焕德虽然坐在"药剂科主任"这把"令人尊敬"的金椅上，但他从不插手药品的引进，而是交给副主任分管。事实上，在该院，不管是主任还是副主任都无权决定新药品种的购进，必须经医院一年二次"药事管理委员会"集体讨论。作为他的副手的赵储元副教授说："像李主任这样不图名不图利的主任，确实打着灯笼都难找，他一不听歌，二不喝酒，三不跳舞，几乎所有的时间都在'课堂——实验室——会议室——家'四点一线中度过。"从法国回来不久的王小平博士说："腐败的消除，源于一个好的制度和制度的落实。李主任没有栽倒在这个岗位上，除了他的思想先进，医院领导的以身作则和'药事会'制，也是很重要的因素。"

踏着"十五"的薄暮，走出素有"南湘雅北协和"之称的湘雅二医院，记者耳边回响着一个个医生、护士、患者、医药代表对李焕德的高度评价，神奇秀美的竹林如梦般惊现眼前，一幅旖旎的画卷轻轻展开：粉红的杏林园，青青翠竹傲立其中，微风吹过，竹叶和春风喃喃私语……

11.

"毛纺精神"神在哪里？

　　过去有人说"好男不炼钢,好女不纺纱",为什么吉林市毛纺织工业集团公司纺织女工能十年如一日地安心本职工作,能涌现出姜艳霞、刘凤英等一大批全国人大代表、全国劳动模范、省市劳动模范?现在有人说,吉林的国有企业开不出工资来的并非个别,为什么吉林市毛纺织工业集团公司能保持综合经营效益连续 5 年居东北同行业之首,职工经济收入稳步持续增长呢?带着这些问题,在五月的一个日光融融的上午,记者来到毛纺厂采访。

　　经过深入的采访,记者发现吉林市毛纺织工业集团公司"振国安邦"神力有源。

▶ 给职员营造一种环境 ◀

　　在吉林市毛纺织工业集团公司院外,每天早、中、晚你都可听到《毛纺集团之歌》:"迈着灿烂的朝阳,伴着织机的欢唱,迈着矫健的步伐,走向沸腾的工厂,我们是光荣的毛纺工人……"职员发自肺腑地说:"听厂歌,我们特振奋。如偶尔赶上停电没听到厂歌,心里总感到空荡荡的。"厂歌,日日震撼着职员的心灵,使大家在听厂歌中潜移默化地热爱自己的工厂、自己的事业,蒸腾出一种职业自豪感。

迈入公司的大门,淡淡的清香扑面而来,青青的树、艳艳的花令人目不暇接。在一切允许栽植植物的地方,几乎都栽有"吸碳吐氧"的活物。如果没有招牌,没有门岗,你一定会怀疑自己到底是在工厂还是在花园。职工们说:"环境好,我们心情也好些,我们也愿意来一些。"公司在为职员创造一种美的环境、家的温馨,职员在工作中又怎能不像家一样爱惜厂子的财物呢?

如果你到车间去走一走,你会看到一块块设计精美、内容朴实、教人保健、教人技术的黑板报。一天要在织机旁走几十里路的织女们一看到黑板报,心中顿生一般温暖:"领导离我们很近,时时刻刻给我们以关怀、呵护。"

如果你要问职工们爱什么,他们会兴致勃勃地唠家常一般展开去:文学辅导班使我学会了写作,提高了休养,我爱;摄影美术讲座使我懂得了如何去发现美、欣赏美,我爱;围棋、象棋让我养成了动脑子、勤思考的习惯,我爱……刘凤英一样的全国劳模,使我学有榜样,赶有目标,我爱……

在时间的催化下,"吉林毛纺"的每一个人一点点地融入了这种氛围,将自己的身心融入了自己的事业,使她们忘记了枯燥,忘记了疲劳,忘记了自我,一年又一年愉快地穿梭引线,一步又一步地和企业一起迈向成功,迈向辉煌!

▶ 为企业树立一种精神 ◀

当改革开放的风吹拂中国大地之初,"吉林毛纺"的领导们就企业发展的高度,经过周密调查,反复酝酿,精心提炼,高度概括,确立了一种"创一流,争第一"的精神。围绕这个精神,1987 年,"吉林毛纺"便制定了必夺 63 项第一的奋斗目标,其中国家级 3 项,省级 18 项,市级 42 项。

为培树这种企业精神,公司首先策划了三件事情。一是进行全方位的舆论宣传。党委有针对性的对全体职工进行了"起步动员、交底动员、战役动员"三个层次的全线发动,向职工讲清"精神"于企业与"精神"于人的重要性,让职工明白"精神是企业的灵魂"。此外,各部门利用厂报(《吉林毛纺报》)、广播、板报、画廊等宣传工具大造舆论,让职工深刻体会从"认识——理解——接受"这种"创一流,争第一"的精神。很快,在"创一流,争第一"的"热门"话题下,公司出现了"占着第一不让,把着红旗不放,向着高位突破,定在全国叫响"的你追我赶的生动局面。二是让企业的精神通过人体现出来,抓"典型"的培养。10 年来,公司培育出了 1918 个先进个人,165 个先进毛纺人群体典型,96 个优秀管理班组,有 63 人获公司黄道婆劳模标兵,79 人获国家、部、省、市级劳模标兵。其中,有全国五一劳动奖章获得者、第八届全国人大代表关艳霞;有受到江泽民主席亲切接见的全国劳模刘凤英;有织布状元、省百工种排头兵张秀兰……这些典型人物,是"创一流,争第一"精神的闪光,也是她们,影响着一代又一代纺织女工。和刘凤英一同进厂的董丽春、张秀兰一致认为:"像刘凤英那样 17 年不休一次病、事假,我们服了她那股子劲。"青年挡车工朱岩说:"别人上 8 小时(班),她总是先到一个小时,上 9 小时(班),这样的典型,我服。"三是抓"精神转化为生产力"。一方面,公司抓了质量的提高。染整车间是全公司最先提出"争创"全国一流车间的单位之一。他们学"章华"、赶"清河"、找差距,针对本车间的薄弱环节,开展质量攻关活动,首创国内同行先进水平。一织车间织布挡车工关艳霞独创"时差换梭法",创造了 13 万米无疵布记录。另一方面,公司投资 5300 万元,进行了"五千锭全程技术改造",改进了旧设备的同时,还改进了一批世界上最先进的技术设备,使产品质量和生产效率、经济效益有了明显的提高。

▶ 向社会展示一种希望 ◀

公司领导认为,就职工而言,公司是个"小社会",厂门外是个"大社会"。"毛纺人"应该让职员看到希望,应该让社会看到希望。

公司在前进的征途中, 也有过挫折与坎坷, 但公司上下团结一心走过来了。因为他们始终看到了前头的希望:公司领导研究制定的每一项决策,都不是为了自己,而是为了全体职员的富裕。因为企业的"一流"与"第一",必定带来职工"一流"的心情愉快与物质丰富。张秀兰说:"我,一个女同志,现在每月能拿到八九百元,能养家糊口已心满意足了……公司照现在的路子走下去,我相信我今后拿的钱会更多。"

进入九十年代,由于市场经济竞争机制的引入,加上过去经济体制遗留下来的问题,有相当一部分国有企业经济出现滑坡,有的被兼并,有的破产,下岗工人数量明显增加。而 4200 人的"吉林毛纺",每年工业产值为 1.7 亿元左右,年销售回款 1.8 亿元左右,企业之舟在市场经济大潮中迎风破浪,稳步前进。

"创一流,争第一",爱企业,讲奉献,出名优,出希望……这就是"毛纺人"的灵魂,"毛纺精神"的精髓。